Monika Nebl

Mords-Partie

Krimi-Minnies fünfter Fall
Ein Wasserburg-am-Inn-Regionalkrimi

 EyeDoo Verlag Publishing

Copyright © 2023 Monika Nebl
c/o Verlag EyeDoo Publishing
Berger Str. 26, 83556 Griesstätt
www.eyedoo.biz

1. Print-Auflage
ISBN: 978- 3969667347

Print- und Onlinegestaltung: Günter Nebl
Bildnachweis: © iStock.com-IvanMikhaylov
Bildnachweis: © Fotoatelier G. Nebl
Lektorat: Michael Reinelt
Korrektorat: Ursula Ammersbach

www.monika-nebl.de

Ich bedanke mich wieder einmal bei Michael und Ursi
für ihre unglaublich wertvolle Überarbeitung
sowie
bei Doris, Günter, Bianca, Raphi und Vanessa,
die mit ihrem scharfen Blick und kritischen Rückmeldungen
hoffentlich alle unbeabsichtigten Ungereimtheiten aufgedeckt haben.

Diese Geschichte entstand ohne Hilfe von KI,
einfach nur mit viel Herzblut und Freude am Schreiben.

Zur Autorin

Bei einem kurzen Stopp in Wasserburg am Inn sagte die damalige
Münchnerin spontan: »Hier würde ich so gerne leben!«
Drei Jahre später war es so weit. Seit 2000 lebt Monika Nebl im nahen
Einzugsgebiet und saust gerne mit der Vespa in die »nördlichste Stadt
Italiens«, wo sie das Flair zwischen Mittelalter und Moderne genießt.

Die Autorin hat bereits über 25 Bücher veröffentlicht
und ist dabei vielseitig unterwegs.

Wasserburgs Gassen und Mauern dienen als
mystische Vorlagen in ihren Fantasyromanen
(geschrieben unter Pseudonym Ainoah Jace).

Ihr Fernweh lindert sie mit ihren Romantikthrillern, deren Handlungen
den Leser in andere Teile der Erde entführen
(geschrieben unter Pseudonym Katie S. Farrell).

Ihre Reisen und wie sich diese in ihre Bücher schmuggeln, beschreibt sie
im Bildband »Geschichten im Gepäck«.

Und nach einigen Kurzgeschichten für zwei Anthologien mit den
»Rosenheimer Autoren« war sie plötzlich da:
die Lust, einen Lokalkrimi zu schreiben.
Das war die Geburtsstunde der »Krimi-Minnie«, ihrer Freunde und des
Verbrechens in Wasserburg ...

Mit »Mords-Partie« ist die Krimi-Minnie nun in ihrem fünften Fall unterwegs. Vielen Dank euch, ihr vielen Leser, die ihr mir seit »Mords-Trara« treu folgt, auf gut bairisch: Ihr seid's der Wahnsinn!

Falls ein bairisches Wort nicht selbsterklärend ist, findet ihr wie immer im Anhang ein kleines alphabetisches Glossar, denn dieses Buch soll nicht nur Bayern Vergnügen bereiten.
Auch liegt der hauptsächliche Humor der Geschichte keineswegs auf der woanders häufig übertrieben dargestellten Charakterisierung eines »Null-acht-fuchzehn«-Bayern. Minnie und Co. sind (fast) normale Bewohner einer oberbayerischen Stadt.

Zu diesem Buch passend ein Gedanke von Mark Twain:
»Die Frau ist ein Fisch, der den Angler fängt.«

Dazu eine Weisheit, die trotz allen Humors
ein tödliches Körnchen Wahrheit enthalten könnte:
»In Netzstrümpfen hat sich schon mancher tolle Hecht verfangen.«

In diesem Sinne: Petri Heil!

Inhaltsverzeichnis

Vorwort

Es gibt nicht viel, was diese vier Menschen aus dem Rosenheimer Land gemeinsam haben. Da wären einmal die finsteren Gedanken, die sich an einem Frühlingsabend in ihren Köpfen drehen, und zum zweiten ein starkes Gefühl, das sie eint: Verzweiflung.

»Ich kann nicht fassen, was sie von mir verlangt!«

»Nicht gut genug? Ich? Wie kommt das Luder auf so was?«

»Es könnte so schön sein – ohne sie!«

»Wie kann sie mir das antun?«

Und in einem von ihnen siegt der Hass über die Menschlichkeit – ob er gerechtfertigt ist?

Ihr Spiegelbild lächelt die zierliche dunkelhaarige Frau an, ihr gefällt, was sie sieht. Sie verwendet viel Zeit darauf, einen perfekten Lidstrich zu ziehen. Der korallenrote

Lippenstift betont den herzförmigen Mund. Sie weiß sich in Szene zu setzen, das Lächeln enthüllt strahlendweiße, in Reih und Glied ausgerichtete Zähne. Ihr hochmütiger Blick lässt jedoch vermuten, dass sie nicht aus Fröhlichkeit lächelt, sondern aus Genugtuung. Sie bekommt, was sie will. Das war schon immer so. Und keiner wird sie davon abhalten, auch diesmal ihren Kopf durchzusetzen.

Jemand klopft an ihre Schlafzimmertür. Ein genervter Seufzer beweist, dass sie keine Lust auf Besuch hat.

»Er sollte doch längst beim Fest sein«, murmelt sie, dann öffnet sie die stabile Holztür, die zu dem oberbayerischen Bauernhaus passt, in dem sie lebt.

»Du?«, fragt sie überrascht und lässt den Gast nach kurzem Zögern ein. »Sei leise, sie hört alles.«

Die ältere Frau blickt aus einem der kleinen Fenster im Erdgeschoss desselben Hauses. Die Wochenendgäste haben sich soeben auf den Weg nach Kufstein gemacht. Ein Katzensprung von Oberaudorf aus. Nun muss sie zusehen, dass sie den langen Hausgang wischt, in den der Hund eben Erde aus ihrem Blumenbeet getragen hat. Trotzdem mag sie nicht schimpfen, die Leut' sind nett, der Hund ein freundlicher, noch verspielter Welpe. Nur dass sie eigentlich keine zusätzliche Arbeit braucht, von der gibt es wirklich mehr als genug.

Sie kneift ihre müden Augen zusammen: Tatsächlich – Madame hat sich ihre Liege unter dem Birnbaum vorbereitet. Dann wird sie wohl bald herunterkommen und sich ausruhen, wovon auch immer. Über der Frau poltert es, bei den alten Böden und der Holzdecke hört man jeden Schritt. Im ersten Moment wendet sie sich achselzuckend ab und holt sich den Putzeimer nebst hölzernem Bodenwischer. Doch während sie das heiße Wasser in den Eimer laufen lässt, wächst die Wut in ihr. Sie knallt den Eimer auf den Boden und ballt die Fäuste, deren runzlige Haut von lebenslanger Arbeit zeugt. Sie stapft durch den Flur, die Treppe hinauf und klopft energisch an die Tür.

»Du weißt schon, dass ich gut deine Hilfe brauchen könnt?«, bricht es aus ihr mit vor Zorn zitternder Stimme hervor. Eine Reaktion erhält sie nicht.

»Bin ich ned einmal eine Antwort wert? Sag schon!«

Was sie in ihrem Grant nicht bemerkt, ist die Gestalt, die sich aus dem dunklen Eck hinter dem Bauernschrank hervorwagt, zur Treppe schleicht und ungesehen verschwindet. Eine Minute später rollt ein Wagen auf dem Kiesweg zwischen den Obstbäumen hinab ins Tal, leise und unauffällig.

Laden zu vermieten

Wasserburg am Inn im April

Was ich über Fische denke: Also ich habe nichts gegen einen Steckerlfisch oder ein zartes Fischfilet aus dem Backofen. Fischstäbchen müssen es dagegen nicht sein, da hört man ja ab und zu Schauerliches über das Unter-der-Panade. Ich beobachte gerne die Guppys, Neons, Platys oder den Kugelfisch im Aquarium des Kindergartens, in dem meine Freundin Toni arbeitet. Beim Anblick des großen Welses überkommt mich immer eine kleine Gänsehaut, der sieht wirklich aus wie ein Überbleibsel aus grauer Vorzeit.

Richtig gruselig hingegen sind diese Plastikfische an der Wand, deren Glubsch-Augen mich jedes Mal zu verfolgen scheinen, wenn ich neuerdings durch den Laden in meine Töpferwerkstatt gehe. Ich versuche, den Blickkontakt zu vermeiden.

Alternativ gibt es Bilder aus der Natur, in der strahlende Männer – keine Frauen, zumindest nicht auf diesen Postern – entweder einen riesigen Fisch auf den Armen oder an der Angel präsentieren. Sollte ich doch neben Fleisch auch auf Fische verzichten? Nein, ich muss mich einfach darauf verlassen, dass Kilian die Fische schnell erlöst, sobald er sie gefangen hat. Kilian Treitmann ist ein alter Spezl meines Freundes Alex und Tonis Freundes Basti. Und er bringt uns gelegentlich frischen Fisch aus Oberaudorf mit, wo er Mitglied eines Fischereivereins ist.

Das hätte ich mir wirklich nicht träumen lassen, dass meine Mutter einmal einen Angelladen in diese Räume einziehen lässt. Das hat jetzt weder was mit elitär, vergeistigt oder künstlerisch zu tun. Aber Traudl hat wohl einfach keine große Lust mehr, über Mieter nachzudenken. Sie ist sich sicher, so sicher wie sich eine Astrologin nach Befragung ihrer Planetentabellen eben sein kann, dass auf dem Laden ein Fluch liegt. Einer, der verhindert, dass ein Mieter länger als ein halbes Jahr drin ist. Der Fluch könnte allerdings bald gebrochen werden, denn Theo Waller, der »Blinker-Kini«, hält sich schon tapfere fünf Monate im Sattel. Die Kundschaft ist zahlreich und bleibt gerne, um sich über Fangquoten und neueste Regelungen auszutauschen oder in den Regalen durch das Zubehör zu gruschteln.

Und ich kann über meinen aktuellen Nachbarn nicht meckern. Kein Stress durch gewaltsames Coaching, keine Depressionen durch Musik aus der Gothic-Szene, kein Suri durch stetig hohen Alkoholgehalt in der Luft. Traudl bekommt ihre Miete, ich darf mit Baaz an den Fingern zwischen Angeln, Keschern, dem Kühlschrank mit Würmern und Maden sowie Rucksäcken, Ein-Mann-Zelten und vielem mehr durchwuseln – alles im grünen Bereich. Glücklicherweise begeistert sich Alex diesmal nicht für das Hobby Angeln und die Verkaufsware. Er ist mit neuen Projekten in der Bank ausgelastet, hat aber Zeit für seine Minnie.

Der einzige kleine Wermutstropfen ist der Auftrag, den ich von Theo bekommen habe: Er will einen richtig großen, getöpferten Wels für sein Ausstellungsfenster haben. Denn sein Nachname Waller ist praktischerweise ein weiterer Name für den Wels und damit natürlich das Logo-Tier in Kombi mit Krone und Blinker für den »Blinker-Kini«. Was ein Blinker ist? Das weiß ich nach den fünf Monaten: Ein Metallköder, der im Wasser pendelt und durch das dadurch entstehende Blitzen einige Raubfischarten wie Hecht oder Barsch anzieht. Und einen getöpferten Hecht will der Theo ebenso, der sieht halt sportlicher aus als der Wels. Also der Hecht, nicht der Theo. Letzterer ist etwa so groß wie ich, seine Figur ähnelt der eines Kugelfischs, und seine Augenbrauen besitzen mehr Haare als sein Haupt. Aber er ist genauso sympathisch, wie sein freundliches Lachen es vermuten lässt.

Bisher konnte ich mich vor dem Auftrag drücken, weil ich nach der Ausstellung im Ganserhaus von einer Münchner Galerie tatsächlich immer wieder Bestellungen betuchter Kunden bekomme. Die will ich mir nicht vergraulen, denn davon lebe ich aktuell so gut, dass ich Giovanni im Eiscafé *Roma* nur noch in Notfällen unterstütze. Zudem braucht das Annamirl Wasserburg-Motive und meine speziell-liebenswerten Viecherl für ihren Laden.

Es rangieren praktisch Kunst und Wolpertinger, Schweinderl, Eulen, Alpakas und Co. vor den Fischschuppen des Hechts und den Barteln beim Wels. Das sind die langen Fühler, mit denen dieser Fisch den Gewässergrund nach Nahrung absucht. Mal schauen, wie ich die hinbekomme. Andererseits habe ich auch schon Schnurrhaare für Hund und Katz bewältigt, und Herausforderungen lassen einen wachsen, meint die Traudl. Die allerdings nicht so glücklich darüber ist, dass Fische meine künstlerische Verwirklichung aufhalten, die sie mir seit der Ausstellung endlich zugesteht.

Bisher habe ich Theo mit Fischen aus meinem Fundus versorgt, aber die ähneln eben eher Pixar-bunten Nemos und Dories als ernsthaften Anglerjagdzielen. Daher verstehe ich sein bayerisch-untypisches Gedrängel und geselle mich am frühen Nachmittag zur Besprechung zu ihm.

»Minnie, jetzt ist alles klar, oder?«, fragt er mich einen halbstündigen Monolog später. Ich habe etwas Ohrensausen, während mein Hirn noch versucht, Wichtiges für den Auftrag von Fachsprache und/oder Anglerlatein zu trennen. Dann versuche ich es mit einer fachlichen Zusammenfassung: »Äh, ja, klar soweit. Der Wels soll etwa vierzig Zentimeter werden, graugrün-wolkig gedeckt sein und geheimnisvoll ausschauen. Die sechs Barteln müssen dran sein, aber ich muss mich nicht mit der Länge verrückt machen. Der Hecht darf kürzer sein, soll viele silbern schimmernde Schuppen haben, gefährlich-aggressiv wirken, man muss die Zähne sehen.«

Er schaut mich perplex an, grinst und nickt. »Genau, ich geb' dir ein Buch mit, da kannst spicken.«

»Wenn man es darf, macht Spicken keinen Spaß, das weißt du schon?«, antworte ich zwinkernd und frage nach praktischen Dingen: »Wo kommen die Fischerl denn später drauf? Da müssen sie ja auch dazu passen. Hast du eine Deko-Scheibe oder soll ich sie dir auf ein Holzgestell setzen?«

Beim Wort »Fischerl« schnaubt er empört, dann lacht er. »Mach mir ein Holzgestell, ich überleg' mir das Drumherum noch.«

Es klopft an der verschlossenen Tür. Theo blickt auf die altmodisch-funktionelle Wanduhr, es ist 15 Uhr. Es klopft erneut, passend zum Mittagszeitende, also erhebt sich Theo seufzend. Ein breiter Umriss steht vor der Tür. Jemand hämmert ein drittes Mal dagegen.

»Mei, keine Geduld. Wie will denn der einen Fisch fangen?«, brummelt der Theo und schlurft hinüber, um aufzusperren. Ich mache mich wieder auf den Weg in die Werkstatt, die nun dank Traudls Anerkennung häufig Atelier genannt wird, und höre, wie mein Auftraggeber seinen Kunden begrüßt: »Ja, dich hab' ich ja schon ewig nimmer gesehen. Jetzt weiß ich, warum's so pressiert.«

Eine dunkle Stimme antwortet: »Eigentlich pressiert's nimmer, ich bin endlich in Pension. Aber du kennst das Sprichwort ja: Wer rastet, der rostet. Und ich mag nix Rostiges ansetzen.«

Neugierig drehe ich mich um. Der Kunde ist deutlich größer als Theo, ebenfalls sehr breit gebaut, jedoch eher muskulös als dick. Auf einem mächtigen Kopf sitzt der typische Anglerhut in Bundeswehr-Tarnfarben. Der Mann nimmt die Brille ab und putzt sie mit einem karierten Taschentuch, das er aus seinen Shorts hervorgezaubert hat. Zu diesen trägt der modebewusste Mann Sandalen mit Socken – ja, das gibt's noch. Nicht allzu oft in Wasserburg, nur ab und zu.

Ich schließe die Tür und mache kurz meine Notizen zum Gespräch. In einer Stunde steht Alex vor der Tür. Wir fahren heute nach Oberaudorf und gehen dort auf ein Seefest, zu dem uns Kilian eingeladen hat. Anschließend übernachten wir auf einem Bauernhof, und morgen geht es auf den Berg. Eine Flucht aus Wasserburg habe ich bitter nötig, weil neuerdings in meinem Leben die Hölle los ist. Da wäre ich gerne mal Fisch, der könnte ins tiefe Wasser abtauchen. Stattdessen rettet mich mein Schatz.

»Minnie, die spinnen ja völlig. So derbarmt hast du mir noch nie.«

Mit »die« meint Alex leider meine Freundin Toni, angestachelt von ihrer Schwester und natürlich der Kati-Oma. Toni und Basti haben sich kurzfristig entschlossen, standesamtlich zu heiraten, bevor das Baby kommt. Man sollte das Wort »Heirat« mit »y« schreiben, weil es mehr ein Hype ist als ein Ehebeginn. Dass es eilt, ist klar, denn Toni kugelt sich gerade in den neunten Monat.

Dass sie noch das ganze Drumherum mitnehmen muss, wie einen Junggesellinnenabschied, wie ihn sich ihre

Familie vorstellt, ist schon etwas viel in der Kürze. Und ihr könnt euch denken, wer die organisierenden Trauzeugen sind? Jep – Alex und ich. Basti hat allerdings wie immer die Ruhe weg, das wird wohl ein Schafkopfabend mit Stripperin oder auch nicht. Doch was Tonis ältere Schwester Marlene plant, ist für eine Hochschwangere sehr anstrengend und für eine Trauzeugin Minnie, die das organisieren soll, der blanke Horror. Daher bin ich seit Wochen damit beschäftigt, herauszufinden, ob Toni das alles wirklich will. Das geht nur ohne Marlene, die leider ständig an ihr klebt, selbst jedoch nie heiraten will. Sie verwirklicht sich und ihre Braut-Träume durch Toni. *Wäre sie die Braut, würde man sie Brautzilla, in Anlehnung an Godzilla, nennen.*

Tonis Eltern, die Hundshammers, sind recht gelassen, ihre Mutter Theresa versucht, ihr die nötige Ruhe zu verschaffen, und organisiert die Hochzeit mit dem Brautpaar.

Bastis Eltern sind geschieden. Die Hartingers stressen nur durch ihre dauernde Streiterei, wenn sie aufeinander-treffen, was glücklicherweise nicht zu oft vorkommt.

Jetzt ratet mal, wer aktuell die Königin der Listen und Tabellen zu Gästen, Spiele- und Geschenkplanung ist: Richtig, die Frau, die lieber im Autorenschreibprogramm tippt als im Excel-Programm, was einen großen Anstieg auf dem Genervtheits-Thermometer bedeutet. Und weil Alex mich neulich nachts schon aus einem Hochzeitsalptraum wecken musste, hat er kurzen Prozess gemacht: »Wir fahren zwei Tage weg.«

Mein schlechtes Gewissen lässt mich widersprechen: »Aber das können wir ned machen. Die Toni kriegt eine Frühgeburt, wenn ich sie der Marlene und der Kati-Oma überlasse.«

»Der Basti lässt die Marlene nicht zur Tür rein, hat er mir versprochen. Die kann sich um die Kati-Oma kümmern, dann haben sich die beiden Richtigen gefunden. Schluss – aus – so ein Irrsinn! Krimi-Dinner, Festivalbesuch, Schmink- und Kochkurs: Die Braut ist hochschwanger und braucht a bisserl Ruhe.«

Er ist wirklich stocksauer. »Dabei weißt du noch gar nichts von der neuesten Idee«, meine ich mit erhobenen Augenbrauen.

Alex seufzt. »Spuck's schon aus, Minnie!«

»Eine Dildo-Party.«

Und weil ich meinen Freund einfach zu gut kenne, weiß ich, dass die Laune nach dieser Offenbarung sofort wieder besser wird. Bingo: Die Mundwinkel heben sich.

»Dann sag stattdessen Koch- und Schminkkurs ab, der Basti kocht eh super. Und die Toni schminkt sich ebenso gern wie du.« *Stimmt, nämlich so gut wie nie.*

»Das ist, wie Perlen vor die Säue werfen«, kommt noch frech von ihm hinterher. Mein empörtes »Hey!« quittiert er charmant mit »Das habt ihr doch auch gar nicht nötig! Und jetzt pack den Rucksack, Minnie. Morgen geht es los.«

Und nachdem heute morgen ist, sause ich in meine Wohnung in den vierten Stock hinauf. Im Eiltempo ziehe ich ein hübsches, knackig-kurzes blaues Kleid an, dessen rote Mohnblumen wunderbar zu meinen Haaren passen, und prüfe im Vorbeisausen am Spiegel mein Erscheinungsbild.

Passt, Minnie! Duschen ist unnötig, du springst eh nachher in den Weiher.

Ich greife nach meinem Rucksack und flitze wieder runter, wo auf die Sekunde genau mein pünktlicher Banker vor dem Haus unter den Arkaden vorfährt. Meinen Hund George hat Traudl vorhin geholt, ihm steht ein Luxus-Verwöhnwochenende bevor. Den Hinweis »nachdem mir ja meine Tochter in nächster Zeit keine Enkel schenkt ...« hat sich die Traudl nicht verkniffen. *Schon seltsam, immerhin konnte SIE sich selbst bis vor Kurzem nicht damit abfinden, dass SIE ein 29-jähriges Kind hat. So schnell ändern sich manche Einstellungen. Aber das wird ihr vorerst nichts nützen, denn ich bin mit Alex und George sehr glücklich.*

Auf meinem Handy finde ich eine Nachricht von Toni: »Habt viel Spaß!« Mit Herzchen heißt, sie vergönnt es mir wirklich.

Und dann lassen wir Wasserburg mit all dem Stress hinter uns, fahren die Serpentinen hinauf und auf der B15 in Richtung Alpenkette davon.

Bergblick und Schnappatmung

Der Weiher in der Nähe der Autobahn ist groß genug, dass wir an einem Ende baden und uns sonnen können, während am anderen bereits die Steckerlfische über einer ganzen Reihe Grills hängen und fleißig gedreht werden. Das Wasser ist noch sehr frisch im April. Baden bedeutet in Wirklichkeit eher rein- und zähneklappernd rausspringen, aber ich habe endlich das Gefühl, dass der Sommer an die bayerische Haustür klopft. Das wird auch Zeit nach einem halben Jahr mit sehr viel Nebelsuppe im winterlichen Wettermenü in Wasserburg.

Gegen sechs Uhr ziehen wir uns an, bringen unsere Badesachen zum Wagen und spazieren hinüber zu der mittlerweile auf mindestens fünfzig Personen angewachsenen Gruppe. Die meisten sitzen schon an den Biertischgarnituren und haben ein Getränk vor sich stehen, essen Kartoffelsalat und Brezen und warten geduldig auf ihren Fisch. Der Veranstalter, der Angelverein »Bergsee-Fischer«, hat reichlich Fisch und Personal aufgefahren.

»Habt's jetzt genug vom saukalten Wasser?« Grinsend kommt Kilian auf uns zu.

»Und einen Mords-Hunger«, meint mein Freund mit gierigem Blick auf das Grillgut, das wirklich pfundig riecht.

»Dauert nimmer lang«, tröstet ihn Kilian. Er bringt sein Bier mit und setzt sich zu uns. Wir haben uns mittlerweile auch schnell gegen den größten Hunger und Durst versorgt, bis die Fische fertig gebraten sind. Während sich die Männer über das Angebot an Regenbogen- und Bachforellen oder Saiblingen unterhalten, lasse ich den Blick hinüber auf die andere Innseite schweifen. Dort befinden sich der Samerberg, der Heuberg und das Kranzhorn. Majestätisch ist die Gruppe in unserem Rücken. Direkt in Oberaudorf geht es hinauf zum Sudelfeld, dem Skigebiet, und zu den Wasserfällen am Tatzelwurm. Dahinter ragt der Wendelstein empor, auf den man mit einer Zahnradbahn hinauffahren kann.

Kilian hat sich um unsere Unterbringung gekümmert.

»Ich stell' euch nachher den Simon vor, bei dem übernachtet ihr heut. Seine Mama vermietet Zimmer in ihrem Bauernhof, ein paar Minuten den Berg rauf.«

Ich freue mich schon sehr darauf, am Morgen aus dem Fenster zu schauen und gleich die Berge um mich herum zu sehen. Das haben wir zwar in Wasserburg auch, zumindest von der *Aussicht* beim Huber-Wirt aus. Aber halt nicht so nahe.

Wir genießen unsere Bachforellen, wobei mir Alex die Hälfte von meiner noch abnehmen muss, so groß sind sie.

Das sind andere Kaliber als die aus dem Discounter-Tiefkühlregal. Die Bachforellen sind wunderschön, wenn man dieses Adjektiv für schleimige Fische verwenden will. Sie haben leuchtend rote Punkte mit weißen Ringen und sehen – bis auf den kleinen Umstand, dass sie tot sind – sehr gesund aus. Das macht wohl das Leben in diesen klaren Seen aus.

Am gegenüberliegenden Ufer sitzt ein einsamer Angler mit Schlapphut. Das Tarnkappendesign des Sonnenschutzes für den Kopf, ob gut bewachsen oder glatzköpfig, ist hier vielfach vertreten. Die Statur und vor allem die Socken-Sandalen-Katastrophe kommen mir jedoch bekannt vor. Das könnte der Kunde aus dem »Blinker-Kini« sein, aber sicher bin ich mir nicht. Er lurt zu uns herüber. Als er bemerkt, dass ich ihn anschaue, senkt er den Blick aufs Wasser. Alex genehmigt sich ein zweites Bier, dafür muss er es dann später aushalten, dass ich sein heiliges Fahrzeug den Berg hinauffahre.

Ich schlendere ein bisschen herum und schaue einem großen Mann, der offensichtlich gerne viele Fische isst, bei den Vorbereitungen zu. Die beginnen leider mit einem schnellen Tod, denn lebend könnte beziehungsweise sollte man sie nicht verspeisen. Obwohl es Völker gibt, die das tun. In Japan wird bei lebendigem Fischleib filetiert und in China sogar frittiert. Ist das nicht abartig?

Der »Fisch-Schlachter« an diesem lauschigen oberbayerischen Weiher heißt Rudi und ist ein etwas derber Zeitgenosse, wenn man ihn nach seinen Witzen beurteilt. Seinen Job macht er jedoch gut, er bereitet den Fischen ein kurzes und so möglichst schmerzloses Ende.

Ich zwinge mich, einen Durchgang bis zum Steckerl anzuschauen. Ich bin der Meinung, wenn ich ein Tier esse, sollte ich wissen, wie es gestorben ist. Und würde das jeder tun, hätten wir ratzfatz 95 Prozent Vegetarier in Deutschland, da bin ich mir sicher. Diese Fische hier müssen nicht minutenlang mit Schnappatmung auf den Tod warten, wie es auf den riesigen Fischerbooten auf den Meeren geschieht. Hier läuft es so: zack und tot.

Nach dem Ausnehmen geht es mit einem speziellen Werkzeug, das aussieht wie eine Art Raspel-Schälmesser und Entschupper heißt, an die entsprechende Tätigkeit. Die Glitzerteilchen landen aber nicht alle in der Spüle, die es extra in dem Schuppen am Weiher gibt. Obwohl Rudi seine Arbeit unter fließendem Wasser vollzieht, glitzert es silbern in seinem Gesicht und seinen etwas fettigen Haaren, weil er so heftig werkt. Es folgt die Würzung – natürlich mit einer streng geheimen Kräutermischung –, bevor der Fisch dann auf dem Holzstecken aufgespießt an die Grillmeister Freddy und Simon weitergereicht wird.

Freddy ist ein gutaussehender Kerl, Marke Surferboy. Blond, schlank, sportlich und gut gelaunt. Er arbeitet in einem Sportgeschäft in Rosenheim, erzählt er mir, während seine Augen mich unternehmungslustig anblitzen. Der bräuchte nicht viel Aufforderung, um einen Flirt zu beginnen. Aber ich sehe den Blick, den er auf meinen Freund auf der Bierbank richtet. Kluger Mann, denn so vertieft ist Alex in kein Gespräch, nicht mal, wenn es um Whisky geht, dass er nicht bemerken würde, wenn mich einer anbaggert.

Simon – auf bairisch Simmerl – ist der Sohn unserer Pensionswirtin, ein breitgebauter Bär mit dichtem, braunem Haar und etwas traurig wirkenden Augen. So wie der derbe Rudi und der flotte Freddy mit ihm reden, scheint er auch sehr gutmütig zu sein, da er nicht Kontra gibt.

»Der Simmerl arbeitet bei den Gemeindewerken. Die inoffizielle Amtsbezeichnung ist DVD, also Depp vom Dienst, den macht er für die kleinste Tippmaus bis zum Bürgermeister«, lästert der Rudi. Simon sagt nichts, sondern dreht die letzten Fische langsam um. Die Sonne verschwindet hinter den Bergen, obwohl es erst acht Uhr ist.

Als Simon dann doch etwas von sich gibt, merke ich, dass er sich nicht gegen die Stichelei gewehrt hat, weil ihm offensichtlich anderes im Kopf herumgeistert.

»Corinna müsste längst hier sein«, meint er besorgt.

»Ja, komisch«, stimmt Freddy zu. »Hebst du ihr einen Fisch auf?«, fragt er Simon, der nickt und sein Handy aus der Hosentasche zieht. Sein Versuch, diese Corinna zu erreichen, schlägt fehl, und er steckt das Handy wieder ein.

»Wahrscheinlich kleistert sie sich seit Stunden voll und hat die Zeit übersehen.«

Rudis Bemerkung klingt boshaft, und Simon sieht auf. Eine Falte steht zwischen seinen zusammengezogenen Augenbrauen.

»Hör auf, meine Frau schlechtzumachen!«

»Deine Frau is a Flitscherl, des weiß jeder.«

»Rudi, sei ned gschert!«, mahnt Freddy. Er schaut mich an und verdreht die Augen. Rudi ist noch nicht fertig.

»Ihr seid's alle blind, aber mei, selbst schuld. Irgendwann lässt sie dich stehen. Die spielt in einer anderen Liga als du.«

»Rudi, was soll jetzt des? Was hat dir denn die Corinna getan?«

Simon nimmt die Frechheiten recht ruhig hin. Da wäre Alex längst ausgerastet. Ich bin ja kein Befürworter von Schlägereien, doch ich finde, man sollte seinen Ehepartner schon in Schutz nehmen. Allerdings kenne ich ja die Corinna und diese Männer nicht, also kann ich es nicht beurteilen.

»Ja, genau, Rudi: Was hat dir die Corinna denn getan?« Freddys Frage klingt harmlos, als wolle er Simon beistehen. Der Unterton in seiner Stimme gefällt mir jedoch nicht. Mir ist das allmählich zu dumm. Ich wende mich ab und gehe kopfschüttelnd zu Alex zurück, für den Fall, dass die drei ohne mich als Publikum mit dem Unsinn aufhören. Dennoch bleiben meine Ohren aufgesperrt, deshalb höre ich Simons Worte: »Glaubst du, ich weiß es nicht, Rudi? Du hättest sie selbst gern gehabt, aber sie hat dich nicht wollen. Das musst du jetzt mal wegstecken.«

Aha, alles klar.

Der Rudi steckt jedoch gar nix weg, sondern pulvert richtig laut: »So bläd bin ich ned, dass ich auf so eine angepinselte, eingebildete Kuh reinfall'. Da reicht auch das arschkurze Röckerl mit der Reizwäsche ned.«

Uih, das ist echt heftig.

Simon sieht das wohl genauso, denn als ich mich umdrehe, geht er gerade Rudi an den Kragen. Freddy wirft sich dazwischen, ein Sportler zwischen zwei wütenden

Bullen. Hoffentlich übersteht der deutlich schmalere Körper diesen Druck. Er redet auf beide ein, und sie lassen tatsächlich voneinander ab.

»Rudi, geh in den Schuppen und räum auf! Simon und ich kümmern uns um den Grill.«

Rudi befolgt die Anweisung sogar, zornig vor sich hin brummend. Simon dagegen versucht erneut, seine Angetraute zu erreichen, während Freddy leise auf ihn einspricht.

»Lass dich doch ned ärgern, der ist nur neidisch. Die Corinna ist schon eine Nette, halt ein bisserl schick für den Bauernhof deiner Mama. Und sie hat ja gewusst, als sie dich geheiratet hat, dass von ihr erwartet wird, dass sie mithilft.«

»Die Mama werkt eh so viel, die braucht Hilfe.«

»Wie geht's denn auf dem Hof zwischen den Frauen, der verflossenen und der aktuellen? Ist jetzt Frieden zwischen Babsi und Corinna?«

Simon seufzt so laut, wie es zu dem mächtigen Brustkorb passt.

»Mei, sie wechseln sich mit den Tagen ab. Miteinander geht da gar nix.«

Freddy erwidert nach einer Pause: »Na ja, das ist aber keine Überraschung, oder?«

»Ja, freilich, es ist eine blöde Situation. Doch ich mag die Babsi auch ned rauswerfen. Sie ist fleißig, und die Mama würd' mich wahrscheinlich einen Kopf kürzer machen.«

»Mag sie deine Frau immer noch ned?«

»Kein Tag vergeht, an dem sie ned meckert, sich die Babsi an meine Seite zurückwünscht oder sich die Corinna ned über sie beschwert.«

Das ist ein sehr schiefer Haussegen, der bei der Familie Brauer dort oben auf dem Berg hängt, scheint mir. Wenn Exfreundin und Frau zusammenarbeiten müssen, so wie ich das nach Simons Worten vermute – *da rappelt es sicher nicht grad leise im Karton.* Jetzt bin ich schon sehr auf diese Corinna gespannt, Alex und ich, zwei der Pensionsgäste an diesem Wochenende, werden sie sicher bald kennenlernen.

»Und du mittendrin, du Pechvogel«, höre ich Freddys mitleidige Bemerkung. Er ist ein netter Kerl oder zumindest ein guter Spezl.

Alex legt den Arm um mich, als ich mich neben ihn auf die Bierbank setze. »Wie schaut's aus, Minnie-Maus? Sollen wir langsam mal auf den Berg fahren?«

»Gute Idee, Hase.«

Wir bedanken uns bei Kilian für den schönen Abend und spazieren zu Simon hinüber, um ihm Bescheid zu sagen, dass wir vorfahren.

»Wenn ihr meine Frau seht, sagt ihr bitte, dass ich noch einen Fisch für sie aufgehoben hab.«

»Freilich, das machen wir, Simon.«

Es ist nicht weit bis zum Brauer-Hof. Im Hauptteil des langgestreckten zweigeschossigen Gebäudes brennt im Erdgeschoss und im ersten Stock in jeweils einem Zimmer Licht. Es ist ein typischer Bauernhof, der in früheren Zeiten Platz für eine kinderreiche Familie mehrerer Generationen inklusive Mägden und Knechten bot. Am hinteren Ende liegt der Stall, der wohl noch genutzt wird. Das verrät mir der Misthaufen dahinter und dessen eindeutiger Geruch.

Wir gehen auf die große hölzerne Eingangstür des Wohntrakts zu, wo uns eine ältere Frau entgegenkommt. Sie ist so zierlich, dass sie nicht einmal mir über die Schulter sehen könnte.

»Ich bin das Reserl, Simons Mutter.«

Wir stellen uns als Kilians Freunde und ihre Gäste vor. Sie nickt, wirkt kurzangebunden: »Ihr kriegt das Austragshäuserl. Ich hol' geschwind den Schlüssel, Moment.«

Sie wuselt ins Innere zurück, derweil wir einen Blick auf das Inntal werfen. Es dämmert zwar, doch im April sind die Abende glücklicherweise schon wieder länger hell.

Das Austragshäuserl, in dem früher die Bauersleute nach der Hofübergabe an den Erben quasi in Alterszeit wohnten, ist winzig, hat aber auch ein Obergeschoss. Da bin ich ja mal gespannt, wie es da drinnen ausschaut …

Im Haupthaus hören wir das Reserl durch die offenstehende Tür schimpfen, es hört sich stocknarrisch an.

»Kreiz no amal, Corinna, jetzt steh endlich auf! Ich hab' Gäste da. Und der Kuchen gehört aus dem Ofen.«

Ich spaziere in den langen Flur, wie sie alle großen Bauernhöfe haben.

»Reserl, ich soll der Corinna vom Simon noch etwas ausrichten.«

Sie steckt den Kopf mit dem grauen geflochtenen Haarkranz aus einer der drei Türen des Gangs, die vermutlich in die Küche führt. Es duftet nach Kuchen.

»Wenn du magst, Minnie, dann staub die Madam aus dem Bett. Es ist zwar peinlich, aber so ist es halt, wenn der

Bua meint, er muss a Zuagroaste heiraten, die sich zu fein zur Arbeit ist.«

»Kein Problem, Reserl, wo find ich sie?«

»Die Treppe rauf, zweites Zimmer auf der linken Seite.«

Zack ist der Kopf wieder in der Kuchl und die Tür zu.

Alex grinst. »Ich warte hier trotz meiner Neugier.«

»Das wird auch gut sein, Hase!«, meine ich streng. Klar interessiert ihn die Corinna, nach dem, was wir am See an Gelästcr über ihre sexy Kleidung gehört haben.

Ich folge dem Gang mit dem gekalkten Gewölbe und steige die Stufen in den ersten Stock hinauf, wo ich tief in den dicken Teppichboden einsinke. An den Wänden hängen Bilder von Bauerngärten voller Gemüsepflanzen und blühender Astern, Hortensien oder Flieder – je nach Jahreszeit. Mit jedem Schritt weg vom einzigen Fenster wird es dunkler. Ich kann fast nichts erkennen, die dunkelbraune Holzdecke schluckt jedes Licht. Vorsichtig tasten sich meine Finger an der Wand bis zur zweiten Zimmertür entlang, der schmale Lichtstreifen, der unter dieser hervordringt, leitet mich dabei. Unterwegs finde ich einen Lichtschalter, den ich aufatmend drücke. Dann entführt mir ein Quietscher, weil ich etwa einen Millimeter vor einem altertümlichen Spinnrad stehe. Da reinzulaufen oder -zufassen, wäre schmerzhaft gewesen. Ich gehe um das verstaubte Ding herum und klopfe an.

»Corinna? Hier ist die Minnie Mayrhofer, eine Bekannte von Kilian. Wir übernachten heute bei euch, und der Simon hat mich gebeten, dir was auszurichten.«

Keine Antwort.

»Corinna? Hallo?«

Ich lege das Ohr an die Tür. Nichts zu hören. Nun geht mein Klopfen in ein gemäßigtes Hämmern über. Immer noch kein Piep geschweige denn ein Laut, der verraten würde, dass sich die »Madam« aus dem Bett erhebt. Na dann – ich habe zwei Aufträge zu erfüllen, einen vom Simon und einen vom Reserl, das sollte als Bevollmächtigung reichen. Ich öffne die Tür.

»Corinna, entschuldige, aber ...«

Als ich den nächsten Schritt ins Zimmer mache, erkenne ich die Umrisse einer Frau auf einem riesigen Himmelbett. Dieses ist an der Vorderseite mit bäuerlichen Motiven bemalt. Vermutlich ein Erbstück, das heute einiges an Wert hat. Die Leinenvorhänge sind teilweise zugezogen.

Ein ungutes Gefühl steigt in mir auf. Mein Herz beginnt hektisch zu klopfen. Dass sie nicht schläft, ist nur ein Verdacht, denn ihr Gesicht sehe ich nicht. Es wird von einem blauen Samtkissen mit gesticktem Rand bedeckt.

Ich trete neben sie und zögere. Dann hebe ich das Kissen mit meinem Ellbogen vorsichtig an.

»Corinna?«

Wenn sie jetzt aufwacht und mich sieht, kriegen wir beide einen Herzinfarkt. Doch ich glaube nicht, dass sie jemals wieder aufwacht. Ihre Augen starren reglos an die taubenblaue Holzdecke über ihr. Ich greife nach ihrem Handgelenk und fühle den Puls, aber mir ist klar, dass es sinnlos ist. Da bumpert nichts mehr.

Ich mache einen Schritt zurück, drehe mich um und eile zur Tür.

»Alex, Reserl, bitte kommt schnell rauf!«

Ich höre Alex' Schritte auf der Treppe, während ich die Szene in mich aufnehme. Mein Freund steht Sekunden später im Zimmer, vom Reserl ist noch nichts zu hören. Die hat wirklich kein Verlangen, ihre Schwiegertochter aufzusuchen.

»Minnie, ist sie ...?«

»Ja, ich denke, sie ist tot, ich hab' keinen Puls mehr gefühlt.«

Alex holt sein Handy aus der Hosentasche, und ich höre, wie er die Polizei informiert. Meine Ohren fühlen sich belegt an – wie in einer Trance. Alex klingt recht ruhig.

»Ja, sehr sicher. Meine Freundin hat keinen Puls mehr ertasten können. Die Frau hat ein Kissen auf dem Gesicht. Nein, wir rühren uns nicht von der Stelle.«

»Da liegt ein gepackter Koffer, Alex.« Ein vollgepackter Koffer.

»Sie ist auch ein bisserl zu schick angezogen für ein Fischerfest«, meint er nachdenklich.

»Die zieht sich immer zu schick an«, kommt es giftig vom Reserl, das hinter uns noch nichts erkennen kann.

»Corinna, Birnbaum und Hollerstaudn, ...«

»Reserl«, schlucke ich. »Sie kann ned aufstehen, sie ist tot.«

Grob drängt sich die kleine Bäuerin zwischen uns durch und bleibt stocksteif stehen. Dann beginnt sie zu zittern.

Alex packt ihre schmalen Schultern und schiebt sie zu einem Holzstuhl, der neben der Zimmertür steht.

»Sie wollt' den Simon verlassen«, sagt sie tonlos und ihr dünner runzliger Zeigefinger deutet auf den Koffer.

»Oder verreisen«, schlage ich höflich vor, doch sie schüttelt den Kopf. »Derweil der Simon auf dem Fest auf sie wartet?«

Wo jetzt jemand anderes den Steckerlfisch essen wird.

Wir hören die Sirenen schon lange, bevor das Blaulicht den Berghang anleuchtet. Mehr können wir nicht erkennen, weil wir zu weit vom Fenster entfernt sind.

Kurz darauf erscheinen zwei Beamte. Wir machen Platz, bleiben aber neben dem Reserl stehen, damit es nicht vom Stuhl kippt. Das Zittern hat schon nachgelassen, die Frau murmelt vor sich hin. Als ich genauer hinschaue, sehe ich, wie sie den Rosenkranz durch ihre Finger fädelt. Sie betet, wird mir klar.

Die Polizisten, ein Mann und eine Frau, schauen auch einen Moment wortlos zum Bett, dann durch das Zimmer. Die Frau geht hinüber und macht das Gleiche wie ich zuvor: Kissen anheben, Puls fühlen. Die beiden wechseln einen Blick.

»Der Simon ist noch am Grill, oder?«, fragt die Frau, ans Reserl gerichtet, das nickt.

Ihr Kollege mustert uns. »Wer seid ihr? Und warum seid ihr in diesem Zimmer?«

Alex erklärt es, während die Beamtin ihr Telefon zückt. Ich lausche und nehme derweil mein Umfeld unter die Lupe.

»Ich bin's, Wast. Der Anruf war korrekt. Corinna Brauer ist tot, es schaut nach Fremdverschulden aus. Sagst du der SpuSi Bescheid? Und jemand muss den Simon informieren, der steht unten bei den Steckerlfischen. Wir bleiben da.«

Ihr Kollege bittet uns, den Raum zu verlassen, das Reserl nach unten zu begleiten und bei ihr zu bleiben.

Alex platziert Simons Mutter auf der Holzbank. Die räuspert sich und meint: »Da drüben ist ein Schnaps im Schrank. Gib mir bitte ein Stamperl. Und trinkt's einen mit!«

Sie zeigt auf einen Hängeschrank mit verzierten Glaseinsätzen. Daneben befindet sich das für Bauernhäuser obligatorische Regal mit bemalten Tellern, die niemals benutzt werden. Zumindest noch nie in meiner Anwesenheit, egal, wo ich solche gesehen habe.

Ich lehne den Schnaps ab und verfolge stattdessen die Ursache eines leicht verbrannten Geruchs bis zu einem erstaunlich modernen Ofen. Darin befindet sich ein etwas zu stark nachgedunkelter Kuchen, den ich schnell rette. Gustl, der engste Freund meiner Mutter und von mir, würde in diesem Fall empfehlen:

»Ein bisserl das Schwarze abkratzen, dann schmeckt er fein.«

Genau die gleichen Worte kommen jetzt vom Reserl. Ich verkneife mir ein unpassendes Grinsen und beginne mit dem »Entschwärzen«. Auf meinen fragenden Blick hin nickt sie: »Ich hab' heut noch nix zu Abend gegessen.«

Ich schneide ein Stück ab und stelle es auf einem Teller vor sie hin. Sie schiebt den Teller zu Alex, der sich nicht lang bitten lässt. Der Steckerlfisch hat seinen Magen bestimmt schon passiert und ist eine Verdauungsstufe weiter. *Das geht bei Männern ja irgendwie schneller.* Das nächste Kuchenstück verschwindet im kleinen Reserl-Mund, nachdem ich energisch abgelehnt habe. Mein Steckerlfisch liegt mir noch spürbar im Magen.

Alex und Reserl kippen noch zwei Stamperl miteinander.

Ich bin mir nicht sicher, ob das nicht allmählich in eine Ich-bin-meine-ungeliebte-Schwiegertochter-los-Feier ausartet. Deshalb packe ich den Schnaps wieder in den Schrank, die Gläser in die Spüle. Reserl schaut mich grantig an, aber ich warte ihren Anpfiff nicht ab: »Ich glaube, das macht sich ned gut, wenn jetzt die SpuSi und der Simon kommen.«

Auf ihren fragenden Blick erläutere ich: »Die Spurensicherung der Polizei.«

Nun stehen Tränen in den müden Augen. Sie nickt mehrmals hintereinander. »Mei, der arme Bua. Das wird dauern, bis er sich erholt.«

Etwa zehn Minuten später hören wir, wie einige Autos in den Hof fahren. Dann die aufgeregte Stimme von Simon: »Wo ist sie? Ich will zu ihr.«

Er poltert durch den Gang, die Treppe hinauf, aber die Polizisten lassen ihn oben offensichtlich nicht durch.

Ich gehe zur Tür und schaue hinaus. Alex bleibt beim Reserl und hält die kleine Hand.

Freddy steht vor mir, leichenblass. »Was kann ich tun?«

»Hol ihn runter und bring ihn hier in die Küche«, meine ich ruhig, und er verschwindet.

Kurz darauf ist der Raum voller Leute, die sich um den Tisch drängen. Neben Simon, Kilian und Freddy ist Rudi gekommen, der sich still verhält. Zwei Polizeibeamte stehen an der Tür, als müssten sie uns überwachen. Was sie vermutlich tun. Der Simon steht mit hängenden Armen da, ein armer Tropf trotz seiner Größe und Stärke. Sein zierlicher Freund legt ihm eine Hand auf die Schulter.

»Willst dich ned setzen, Simon? Du bist heut schon den ganzen Tag gestanden«, fragt Freddy leise.

»Sie ist tot! Sie ist gestorben, derweil ich mit dem Steckerlfisch auf sie gewartet hab'?«, will er von einem neu hinzugekommenen Polizeibeamten wissen. Der hebt die Schultern. Dass ihm unbehaglich zumute ist, ist nicht zu übersehen.

»Ich weiß ned, wann es passiert ist, Simon. Das sagt uns die Rechtsmedizin dann.«

Simon zuckt zusammen, was ich ihm nachfühlen kann. Wenn ich mir vorstelle, jemand, den ich liebe ... nein! Wie unsäglich grausam!

Schließlich kommt die Beamtin herein, die auf unsere Telefonmeldung hin gekommen ist.

»Kathi, was ist passiert? Wann – Herrgott noch amal – sagt mir jemand, was passiert ist?«

Die Kathi seufzt und erklärt mit einem Nicken in meine Richtung: »Die Frau Mayrhofer hat deine Frau in eurem Schlafzimmer auf dem Bett gefunden. Sie wollte ihr was von dir ausrichten und hat schnell gemerkt, dass deine Frau nicht schläft. Ihr Freund hat uns angerufen.«

»Die Babsi, wir müssen die Babsi anrufen. Ich brauch sie«, stößt das Reserl energisch hervor. Auf Simons Gesicht sehe ich Ärger, der die Fassungslosigkeit vertreibt.

»Das reicht morgen auch noch, Mutter.«

Sie will aufbegehren, aber er spricht mit Donnerstimme: »Morgen!«

Die Polizistin räuspert sich. »Es tut uns sehr leid, Simmerl. Seit wann warst du denn am Weiher?«

Simon starrt auf den Tisch, auf das Stamperl, das er abgelehnt hat.

»Seit drei. Wir haben alles hergerichtet und den Grill angeworfen. Dann bin ich noch mal ins Dorf und hab' den Kühlwagen mit den Getränken geholt.«

»Wann war das?«

Jetzt geht Simon auf, dass er befragt wird.

»Warum is des wichtig?«

»Weil wir jeden fragen müssen, wo er war, Simmerl. Wahrscheinlich sind die Kriminaler aus Rosenheim eh bald da. Die wollen das bestimmt wissen.«

Und in dem Moment ist auch dem Letzten klar, dass die Corinna wohl nicht sanft entschlafen ist.

»Woran ist mei Frau gestorben?«, fragt Simon mit lauter Stimme.

»Das sollen dir besser die Profis sagen, dazu sind wir nicht befugt.«

Die Beamtin zögert, dann fügt sie leise hinzu: »Wir sind uns allerdings ziemlich sicher, dass es kein natürlicher Tod war.«

Simon beginnt zu wanken und wird rasch von Freddy gestützt. Der ist genauso bleich wie sein Freund. »Ja, wer macht denn so was? Das kann doch ned sein«, stammelt er.

Ich schaue mich unauffällig um. Hier ist keiner im Raum, der nicht geschockt wirkt. Wie auch? Das hier sind seine besten Freunde, egal, wie grob gestrickt sie sein mögen.

Es wird Mitternacht, bis uns das Reserl – das hat sie sich nicht nehmen lassen – das Austragshäuserl aufsperrt. Unsere Beileidsbezeugungen wischt sie weg wie eine Hausfrau aus Leidenschaft den Staub.

»Hilft nix. Außerdem – mit der Corinna hamma immer nur Gschiss ghabt. Hoffentlich ist der Bua des nächste Mal gscheiter. Frühstück gibt's zwischen sieben und neun.«

Ja, das Reserl hat die Schwiegertochter wirklich gar nicht leiden können. Vom Nichttrauern zum Frühstück, das ist schon ein Sprung.

Das Austragshäuserl hat genau die richtige Größe für Alex und mich. Wir haben ein Schlafzimmer mit Bad im ersten Stock und unten eine Küche mit Sitzecke und eine Couch vor einem Fernseher. Ein Strauß Wiesenblumen steht auf dem Tisch, eine Flasche Wein ist im Kühlschrank mit einem Zettel vom Kilian, der uns ein schönes Wochenende wünscht. Ja, der Wunsch ist vermutlich hinfällig. Alex bedankt sich trotzdem mit einer Handynachricht.

Dann setzen wir uns in einer dicken Jacke und mit einer Decke über den Beinen vors Haus. Das brauchen wir gerade beide – einen Abstand zum Geschehen drüben im Haupthaus. Wir sagen kein Wort, trinken unser Glas Wein. Alex hält meine Hand fest und denkt sicher an das Gleiche wie ich: wie glücklich wir uns schätzen können und wie leid uns Simon tut. Nach einem letzten Blick auf die Lichter im

Inntal und in den Dörfern auf den gegenüberliegenden Bergen krabbeln wir ins Bett.

Am nächsten Tag, sehr knapp vor neun, schleichen wir etwas unsicher hinüber ins Bauernhaus. Eine blöde Situation. Kann man nach einem Frühstück fragen, wenn ein Todesfall, noch dazu einer wie dieser, vorliegt? Andererseits wäre es auch ungut, wenn wir uns aus dem Staub machen und im Ort frühstücken und das Reserl sich hier recht viel Arbeit gemacht hat. Also stehen wir ein paar Minuten unschlüssig im Gang herum, bis die Tür zur Wohnstube aufgeht. Hier sind einige Tische gedeckt, wir sind nicht die einzigen Gäste.

»Ah, da seid's ja. Der Kaffee ist noch heiß.«

Aus Reserls Worten klingt ein »gerade noch« mit. Und dann genießen wir ein Frühstück, auf das ein Grandhotel neidisch werden könnte, und dürfen uns davon sogar eine Brotzeit für unterwegs einpacken. Wir gehen trotz allem Geschehenen anschließend wandern. Es macht ja keinen Sinn, hier zu sitzen. Behilflich sein können wir nicht. Auf meine vorsichtige Frage hin bekomme ich einen Ultrakurzbescheid vom Reserl.

»Die Corinna hat der Leichenwagen um sieben schon abgeholt, oben nimmt die Spurensicherung alles auseinander. Die Familie, die am anderen Flurende ihr Zimmer hatte, ist abgereist. Ohne Frühstück! Kein Wunder, mit einer Toten ein paar Meter weiter. Das Gschäft wirds uns auch noch versauen, die Corinna.«

Simon ist bisher nicht aus seinem Zimmer gekommen, der Ärmste. »Sitzt da und woant. Bin gspannt, wann der merkt, dass er ohne sie besser dran ist.«

Die Mama ist schonungslos, während sich die Tür öffnet.

»Reserl, sei ned so hart«, sagt eine junge Frau sanft, die uns freundlich anlächelt. Ein Eimer mit Putzwasser steht neben ihr. Die Hände stecken in Gummihandschuhen. Der glänzende Boden hinter ihr zeigt uns, was sie gerade getan hat.

»Ihr seid die Freunde vom Kilian, gell? Ich bin die Babsi.«

Babsi, Simons Ex, ist der »stabile« Typ Frau, nicht zierlich, aber auch nicht moppelig. Die kann sicher so anpacken, wie sich das Reserl das wünscht. Das schöne glatte blonde Haar trägt sie hochgesteckt. Ihre blauen Augen strahlen, doch ihr Gesichtsausdruck ist ernst.

»Ja, ich bin Minnie, und das ist mein Freund Alex. Du bist die große Stütze von Simons Mutter, gell?«

Babsi seufzt. »Ich tu, was ich kann. Ich arbeite gern hier auf dem Hof mit den Gästen.«

»Machst du das in Vollzeit?«, erkundige ich mich neugierig, obwohl ich ja gehört habe, dass sie sich mit der Corinna abwechseln musste.

»Bisher ned. Aber nachdem die Corinna jetzt nicht mehr da ist ...«

»Viel zerrissen hat die ned«, kommt es vom Reserl. Sie ist hart und zäh, vermutlich hat sie nicht nur einfache Zeiten gehabt. Dafür viel Arbeit, wie es so ist, wenn man auf einem Bauernhof aufwächst. Ich schätze die Mutter auf

Mitte sechzig, Babsi auf dreißig Jahre jünger, also Simons Alter.

Über uns poltert es. Die SpuSi verschiebt wohl Betten und Schränke. Das Reserl schaut entnervt drein.

»Das wird spaßig beim Aufräumen.«

»Zumindest gibt es kein Blut aufzuwischen«, tröstet sie Babsi so nüchtern, dass mir die Luft wegbleibt. Sie zuckt zusammen, als sie meine Reaktion bemerkt.

»Entschuldigung, das war jetzt nicht so gemeint, wie es sich angehört hat. Es ist auch so schon schlimm genug.«

Auf zarte Gefühle muss man hier wirklich keine Rücksicht nehmen. Ich gehe daher einen Schritt weiter.

»Weiß man denn, wie es passiert ist?«

»Jemand hat sie erstickt. Mit einem der teuren Seidenkissen, die sie unbedingt haben wollte!«

»Und wann?«

»Irgendwann nachmittags, nachdem der Simmerl zum Weiher gefahren ist.«

»Und du hast niemanden gesehen oder gehört?«, frage ich das Reserl. Die schnaubt energisch.

»Mei, ich war in der Küche und hab' gearbeitet. Außerdem waren die Gäste da. Da kann ich ned auf die Madam achten. Gsehn hab' ich keinen.«

»Und ich war sowieso nicht hier«, erklärt Babsi. Die beiden Frauen wechseln einen Blick, was mich neugierig macht.

»Wo warst du denn?«, erkundige ich mich und versuche es mit einem naiven Gschau. Was ich wohl nicht astrein beherrsche, weil Babsi misstrauisch zurückgibt: »Warum interessiert dich das, Minnie?«

»Mei, war bloß eine automatische Frage. Entschuldige, ich wollt ned neugierig sein.«

Nachdem Babsi aber spürt, dass ihr Schweigen nicht gut ankommt, sagt sie in genervtem Ton: »Ich hab' einen Termin gehabt.«

»Na ja, die Polizei wird schon rausfinden, wer das getan hat«, meint Alex ruhig. »Wir machen uns jetzt mal auf den Weg.«

Wir verabschieden uns und ziehen vor dem Austragshäusl noch unsere Bergstiefel an. Die Brotzeit kommt in den Rucksack, den Alex schultert. Ich bin dann am Rückweg dran, wenn er leichter ist, weil alles verspeist und getrunken wurde.

Wir folgen eine Zeitlang der Straße bis zum letzten Hof, ab dort führt ein Waldweg steil bergauf. In der Luft liegt der Geruch von Wald – modrige Blätter und Moos – und die Kühle des kleinen Baches, den wir mehrmals kreuzen, bis wir auf einer Alm ankommen. Der Blick auf den grüngrauen Inn, der hier eine ganz andere Farbe hat als in Wasserburg, ist überwältigend. Doch wir wollen noch ein bisserl höher hinauf. So weit wie möglich, denn so lassen wir das Furchtbare unter uns zurück.

»Warum machen wir das nicht öfter?«, frage ich mit drei tiefen Schnaufern zwischen den Worten. »Es ist so schön, und wir wären in einer knappen Stunde hier.«

»Weil man dich so schlecht aus Wasserburg rausbringt«, erwidert Alex vergnügt. *Woher hat er so viel Luft in den Lungen, dass er einen ganzen Satz ohne Pause sprechen kann?* Der Neid ist groß, aber mir ist klar, dass ich durch mein bisschen Radl- und Vespafahren so gut wie keine

Kondition fürs Bergwandern habe. Alex spielt zumindest Fußball. Wobei die Spiel- und Trainingsstunden reziprok zur Verletzungshäufigkeit abnehmen. *Er wird halt auch nicht jünger, mein Hase.*

Wir erklimmen einen Gipfel. Leider habe ich so gut wie kein Erinnerungsvermögen, was Bergnamen angeht. Ich kenne den Wendelstein, den Heuberg, die Kampenwand und die Hochries sowie weiter drüben bei Traunstein den Hochfelln, den Hochgern und die Hochplatte. Das war es dann schon. Manchmal kommt mir ein Wegschild bekannt vor, doch auf eine sichere Aussage, ob ich den Weg bereits einmal gegangen bin, lass' ich mich nicht festnageln. Selektive Wahrnehmung oder Bergdemenz, keine Ahnung, wie man das begründet. Alex ist von dieser Gedächtnisschwäche übrigens genauso geplagt, »gscheitln« klappt also in diesem für ihn traurigen Fall nicht. Verlaufen werden wir uns trotzdem nicht. Solange wir den Inn sehen, müssen wir nur irgendeinem Schild bergab folgen. Runter geht es immer, heißt es. Und im Tal findet sich der Weg zurück sicher, notfalls holt uns der Kilian ab.

Allerdings gibt es dann eine kleine Planänderung. Kilian schreibt uns, als wir eine Stunde später neben einer Kapelle Rast machen. Wir haben einen Blick, der über den Chiemgau bis weit über Kufstein in den Süden über das Inntal reicht. Und gegenüber erhebt sich beeindruckend der Heuberg mit der Wasserwand.

Unser Freund ist bereits jetzt bei den Fischzuchtbecken angekommen, wir sollen versuchen, den Weg dorthin zu finden. Die Beschreibung klingt machbar. Doch zuerst gönnen wir uns eine Siesta auf der Picknickdecke und lassen uns die Sonne aufs winterlich blasse Gesicht und den gut gefüllten Wampus scheinen.

Am frühen Nachmittag aktivieren wir die anderen Muskelpartien beim Bergabgehen. Ich weiß immer nicht, was schlimmer ist: bergauf das Gekeuche und die Schwammerl in den Knien oder bergab die brennenden Oberschenkel.

Auf jeden Fall gibt es auch entsprechend zwei Augenblicke, die die Plackerei wert sind: oben der Ausblick und das Gefühl, sich überwunden zu haben, und abends das Wissen, dass man einen wunderschönen Tag erlebt und sich sportlich betätigt hat. *Vom Muskelkater, der unweigerlich später zuschlägt, will ich jetzt nicht reden.*

Gegen vier Uhr erreichen wir die Fischzuchtbecken des Angelvereins, nachdem wir einen Stausee passiert haben. Ohne uns verirrt zu haben, wohlgemerkt.

Kilian erzählt uns, wie die Fische entweder durch eigene Nachzucht oder Kauf hier »einziehen« und anschließend je nach Wachstum in andere Becken wechseln. Irgendwann sind sie dann groß genug, um in die Freiheit der Bäche und des Stausees entlassen zu werden. Bis dahin machen sie jede Menge Arbeit, und das Futter kostet zudem richtig Geld.

Allmählich wird mir klar, warum man einen Angelschein braucht und gegebenenfalls eine Tageskarte. Angeln ist kein günstiges Hobby, die Mitgliedschaft in einem Verein ist teuer. Und wie immer, wenn man mit Tieren zu tun hat, sollte man wissen, was man tut. Ob es um die Aufzucht, die Pflege, die tiergerechte Behandlung oder eben leider auch ums Töten geht. Kurz und schmerzlos sollte Letzteres sein.

Ob es das für Corinna ebenfalls war? Meine Gedanken können den Mord nicht ganz beiseiteschieben, obwohl Kilian das Thema krampfhaft vermeidet. Ersticken dauert ja meist unerfreulich lange. Außer man hat das Opfer vorher betäubt. Ich bin gespannt, ob der Gustl was aus den Rosenheimer Kollegen rausbekommt. Mein Recherchepartner in Sachen »Minnie stolpert in Kriminelles«, Gustav Romberger, ist Polizeihauptkommissar a. D. und mischt nach wie vor in Wasserburg gerne mit. Und irgendwen kennt er sicher in Oberaudorf. Ich habe ihm die Neuigkeiten gestern und heute schon geschrieben, jedoch nichts von ihm gehört.

Nach der Lehrstunde in Sachen Flossen und Co. macht sich Kilian auf zum Simon. Wir wollen den Rückweg zu Fuß antreten. Am Stausee bleiben wir eine Zeitlang stehen und genießen die Ruhe. In diesem Tal ist wirklich nicht viel los bis auf ein paar Angler. Es ist wunderschön an dem tiefen grünen Wasser mitten in den Bergen.

Gegen 17 Uhr sind wir wieder am Austragshäuserl und entscheiden uns dafür, essen zu gehen. Denn zum Einkaufen müssten wir ebenfalls ins Dorf. Und weder Alex noch ich haben Lust auf den Besuch eines Supermarkts mit anschließendem Kochen. Daheim bin ich ja die Köchin, außer Alex geht mit den Bankkollegen zum Mittagstisch. Also lasse ich mich ausnahmsweise mal verwöhnen. Und ja, auch in Oberaudorf kann ich mich fleischlos versorgen, sogar wenn man beim Ochsenwirt einkehrt. Ich finde es sehr schön, dass die Restaurantbetreiber und Gastwirte die Auswahl über Kaiserschmarrn und Kässpatzen hinaus allmählich erweitern. Die mag ich zwar auch gern, aber irgendwann wird es halt fad.

Pappsatt lehne ich mich zurück und bin zufrieden. Das erledigt sich jedoch bald wieder, denn am Nachbartisch höre ich hinter uns das Getuschel böser Weiberzungen.

»Ist es dem Simmerl zu dumm geworden mit dem Flitscherl?«

»Oder die Corinna wollt keinen schlappen Bürowallach mehr, sondern einen mit Rückgrat und weltmännischer Art.«

»Des hätt' sie sich vorher überlegen müssen, bevor sie in einen Bauernhof einheiratet.«

»Seid's ned gschert, der Simmerl ist ein liebevoller Mann.«

»Eher ein liebevoller Fußabtreter! So wie sie ihn behandelt hat.«

Da kommentieren nun also die Dorfratschen eine Ehe, in der gerade ein Partner gestorben ist – wie reizend.

Ich drehe mich um und mustere die vier Frauen hinter Alex ganz offen. Eine sieht mich an und runzelt die Stirn, als würde ich mich in ein geheimes Gespräch drängen. Die daneben hat noch was zu sagen.

»Ob sich die Babsi jetzt wieder um den Simmerl kümmern darf?«

»Davon kannst ausgehen, die ist doch die ganze Zeit beim Reserl in der Pole-Position gestanden.«

»In was?«

»O mei, du weißt ja schon gar nix. Das ist der beste Startplatz für den Fall der Fälle für eine abgesägte Ex. So heißt des auch bei den Autorennen in Monaco.«

»Ja, freilich kennst du dich da aus, Schlaumeierin. Dafür zwingt mich mein Mann ned, dauernd so einen Schmarrn anzuschauen.«

»Der schaut mit dir gar nix, weil er immer am Weiher hockt und auf das Wasser starrt.«

»Woher willst denn du des wissen?«

Jetzt wird der Ton giftig. Ich schüttele den Kopf.

»Was is?«, raunzt mich die Formel-Eins-Kennerin an.

»Findet ihr wirklich, dass das der richtige Ort und die richtige Zeit ist, um solche Gespräche zu führen? Der Simon hat gerade den Tod seiner Frau mitgeteilt bekommen«, meine ich ruhig.

»Und was geht dich des an? Du gehörst ned zum Dorf.«

»Ja, Gott sei Dank. Auf so bösartige Tratschen kann ich gut verzichten.«

Nun dreht sich Alex ebenfalls um, was drei von vier Frauen den Mund wieder zuklappen lässt, obwohl sie sicher was Nettes zu mir sagen wollten. Nummer vier kennt da keine Scheu.

»Ned von da, aber so gscheit«, ist ihre gehässige Einordnung meiner Person. Darauf würden mir tatsächlich aus dem Stegreif sofort zwanzig schlagfertige Antworten einfallen, die alle wahr wären. Alex sieht mir an, dass mir gleich der Hut brennt, und grinst.

»Minnie, leg dich nicht mit den Falschen an. Vielleicht hat die Tote das auch getan.«

Jetzt starren die vier Augenpaare meinen Freund an. Dann erhebt sich eine nach der anderen von den Damen. Sie zahlen an der Theke und wuseln eilig davon. Doch nicht einmal das schaffen sie schweigend.

»Ja, spinnt der? So ein Gscherthammel.«

»Meinst, dass sie uns wirklich verdächtigen?«

»Schmarrn, außerdem haben wir ein Alibi.«

»Wir drei schon, nur die Anita ist später gekommen.«

»Ich hab' auch eins, aber des geht keinen was an.«

»Warum ned? Hast mit am anderen gschmust als mit deinem Franzl?«

»Du bläde Zumsel, was meinst du damit?«

Keifend entfernen sie sich. Nachdenklich sage ich zu Alex: »Jede Frau, die mit denen zurechtkommen muss, tut mir leid.«

Er lacht: »Du musst keine Angst haben, Minnie. Ich rette dich jederzeit wieder.«

»Mein Held«, säusele ich, was er mit einer kleinen Verneigung kommentiert. Dann küsst er mich mitten auf den Mund. »Ich weiß, was ich an dir habe, Minnie-Maus.«

Bereits um neun Uhr fallen wir todmüde ins Bett, ohne noch mal ins Haus hinüberzugehen. Ein schlechtes Gewissen hat vor allem Alex, weil wir nicht nach dem Simon schauen. Und ich, weil ich nix Neues erfahren habe, was ich dem Gustl melden könnte.

Apropos »dem Gustl melden«. Der versucht es am Sonntag um sieben Uhr auf meinem Handy. Vergeblich, da ich es auf Alex' flehende Bitte hin ausgeschaltet habe. Wer den Gustl kennt, weiß, dass das seine liebste Telefonzeit ist:

Sonntag, sieben Uhr. *Vermutlich sind Monologe leichter zu führen, wenn der Gesprächspartner im Halbschlaf ist – oder in Schockstarre mit Herzrasen wegen der unerwarteten Störung.* Immerhin rufe ich ihn noch vor dem Frühstück zurück, Alex will sich leider rasieren. Ich hätte die Stoppeln durchaus einen Tag länger ertragen können, denn ich gehöre der Drei-Tage-Bart-Fan-Fraktion an. *Drei – nicht sieben oder siebzehn!*

Nun erfahre ich, warum sich Gustl nicht gemeldet hat: Er hat nicht aufgepasst und ist beim Verlassen des Bürgersteigs direkt in der Lederer-Zeile *umgschnackelt.* Wahrscheinlich hat er zu viel nach bekannten Gesichtern gespäht und dabei die Stufe übersehen. Normalerweise ist er recht sicher auf den Beinen, wegen des gewichtigen Schwerpunkts in der Körpermitte.

Mein Lieblingsbulle und Ersatzvater hat leider nur wenig neue Infos, was den Tathergang angeht.

»Keine Fingerabdrücke im Zimmer, außer denen der Toten und ihres Mannes. Der hat übrigens einen sehr guten Ruf. Nett, hilfsbereit, fleißig, vielleicht ein bisserl gutgläubig.«

»Und sie? Und die Mama und die Ex-Freundin?« Ich bin neugierig.

»Du machst mir Spaß, ich kann doch nicht alles bei der Inspektion in Rosenheim nachfragen. Aber ich hab' einen Kontakt für die wichtigen Dinge.«

»Wen denn?«

»Einen Kollegen aus Rosenheim. Der ist jetzt auch in Pension und wohnt in Flintsbach, praktisch ums Eck. Er macht sich ein bisserl über die Damen schlau. Außerdem bist du ja vor Ort, Minnie, also schau zu, was du rausfinden kannst, und informier mich. Und ich geb' dir Bescheid, wenn der Pangratz was hat.«

Ich seufze, ermitteln würde ich nur zu gerne. »Leider müssen wir heute Nachmittag heim. Mir graust es so vor dem Hochzeitswahnsinn, das kann ich dir gar nicht sagen. Morgen steigt das nächste Treffen mit Marlene. Da muss ich zusehen, dass ich die einbremse. Am liebsten würde ich ihr Baldrian in ihren Alkohol kippen. Was anderes trinkt die ja nimmer.«

Gustls Mitgefühl ist mir sicher. »Ich versteh gar ned, wie jemand wie die gspinnerte Goaß in die Familie gekommen ist. Die Toni und ihre Eltern sind ja wirklich normal. Da kann ich dir ned helfen, ist mir viel zu gefährlich. Lieber ermittele ich in einem Mordfall.« *Ja, ich auch.*

Als ich Alex die Neuigkeiten zu Gustls Bekanntem mitteile, seufzt der: »Noch ein übermotivierter gelangweilter Pensionist an deiner Seite, das kann ja spannend werden.«

»Schlimmer ist, dass es hier im direkten Umfeld von der Corinna vermutlich einen gibt, der fähig ist, eine junge Frau zu töten.«

Mir läuft bei dem Gedanken ein Schauder über den Rücken.

»Oder sie hat bereits vor ihrer Ehe jemanden verärgert. Ich glaub', sie war ursprünglich ned von hier.«

Beim Frühstück müssen wir nicht großartig nachbohren, um mehr zu erfahren. Eine kleine Frage nach Corinna öffnet die Schleusen beim Reserl bis zum Anschlag.

»Die war aus Bad Aibling, Schickimicki im Beruf.«

»Warum, was hat sie dort gearbeitet?«, will ich wissen. Denn Schickimicki kann ja vom Millionärsliebchen bis zur Boutiquebesitzerin alles bedeuten, so wie ich Simons Mutter einschätze. Ich liege gar nicht so verkehrt.

»Die war Buchhalterin für eine Galerie. Getan hat sie, als wäre sie Künstlerin und Inhaberin zugleich, aber die Wahrheit hat mir der Rudi erzählt. Der hat gemerkt, dass ich zuerst ein bisserl eingeschüchtert war, weil sie so auf Dame von Welt gemacht hat. Zum Simmerl hat sie auf jeden Fall ned gepasst.«

»Und woher hat der Rudi das gewusst?«, interessiert sich Alex.

»Mei, der hat irgendeinen im Internet gefragt, einen Gugel oder so ähnlich. Zum Rudi war sie nämlich auch recht hochnäsig. Nachdem wir gwusst haben, dass sie nix Bsonderes ist, dann nimmer. Und bei mir hat's ausgschissen gehabt. Wer macht denn sowas? Die Schwiegermutter anlügen. Ich hab' mich wirklich bemüht am Anfang. Aber danach war der Ofen aus. Und wie der Simmerl sie trotz meiner Warnung geheiratet hat, hat sie es mir so richtig hingrieben. Dass ich bei meinem Sohn nix gelte.«

Nun schaut sie so traurig aus, dass sie mir leidtut. Leise fügt sie hinzu: »Und der Babsi hat er sehr wehgetan. Die liebt ihn und hätt' alles für ihn gemacht. Männer sind so blind manchmal.«

Ja, da hat sie recht, doch es gibt genauso blinde Frauen. Das habe ich in den vergangenen Jahren und Mordermittlungen gelernt.

Minnie versus Brautschwesterzilla

Daheim ist es mit der Ruhe des Wochenendes – trotz Mord – schnell wieder vorbei. Es geht nämlich schlimmer, obwohl keiner ermordet wird. *Ich kann allerdings nicht garantieren, dass das so bleibt, weil mir Marlene den letzten Nerv raubt.* Tonis ältere Schwester dreht völlig am Radl.

Dass die Kati-Oma, die nicht gerade ein Sinnbild für Kompromissbereitschaft und Taktgefühl ist, mit am Tisch sitzt, erschwert die Sache zusätzlich. Nach drei Stunden habe ich Kopfschmerzen und bin stocksauer. Das ist wiederum von Vorteil, weil ich so allmählich meine Höflichkeit vergesse. Denn wir haben eine »Brautschwesterzilla« an Bord. Die Bezeichnung für schwierige Bräute habe ich aus gutem Grund angepasst. Marlene will eben erneut eine Lanze für irgendeine heiße Einlage brechen, da reicht es mir, und ich weise auf meine Macht hin.

»Stopp! Ihr wisst noch, wer die Trauzeugin ist?«

Auf Marlenes Miene ziehen Gewitterwolken auf, weil sie das ihrer Schwester nicht verziehen hat. Es war außer für sie wohl für keinen Wasserburger eine Überraschung. Ich werde deutlicher.

»Ihr habt mir viele Vorschläge gemacht. Ich habe gefühlt tausend Einträge in meinen Tabellen und daher einen Überblick – auch über die Kosten. Und jetzt wird aussortiert und gestrichen: Was zu teuer oder für eine Hochschwangere ungeeignet ist sowie Tonis Freundinnen abschreckt, fliegt als erstes raus: das Festival. Und dann das, was Toni garantiert keinen Spaß macht: der Schminkkurs. Wir planen ein tolles Krimi-Dinner. Das dauert lang genug. Der Kochkurs ist ein Schmarrn! Toni kann nicht drei Stunden in einer Küche stehen. Das macht sie schon nichtschwanger maximal eine Stunde. Außerdem kocht Basti gerne.«

Marlene seufzt und zieht einen Schmollmund, weil sie weiß, dass ich recht habe. Schade, dass sie so oft missgelaunt ist oder zumindest so aussieht. Sie ist bildhübsch, hat lange blonde Haare und stylt sich perfekt. Toni trägt meist einen Pferdeschwanz, ihre Schwester dagegen komplizierte Frisuren oder Locken, die ausgiebig den Lockenstab gesehen haben. Den ich glücklicherweise nicht brauche. Bei mir reicht waschen und anfönen, der Rest lockt sich zurecht, wie er mag. *Das ist mir völlig wurscht.*

Marlene, die noch dazu ein Händchen für Mode hat, und Toni überragen mich um einen halben Kopf, was nicht schwer ist. Für mich und meine beste Freundin ist wichtiger, dass wir mit Ende zwanzig schon Lachfältchen vorweisen können. Anstatt eines perfekten Lidstrichs,

Smokey Eyes und Wimpern, mit denen man keine Brille aufsetzen darf, weil sonst das Augenöffnen und -schließen durch die Bremswirkung erschwert wird. Von der Streifenbildung auf dem Spekuliereisen ganz zu schweigen.

Als sie wieder mit einem »sexy Programmpunkt« vorstellig wird, schlage ich vor: »Falls du die Dildo-Party oder einen Stripper in der Torte organisieren willst, mach das. Aber frag vorher ab, wer von den Mädels überhaupt mitmacht. Denn es wird peinlich, falls es nur du und Toni sind. Beim Stripper sind vermutlich dafür Alex und Basti dabei, um aufzupassen, dass weder Toni noch ich da zu lange hinschauen.« *Oder hinfassen. Nicht, dass ich überflüssiges Geld hätte, um es in einen Männerstring zu stecken.*

»Neckereien auf der Straße mit Aufgaben für Toni sind auch nicht sinnvoll. Es wäre nicht schön für sie, wenn sie einer wegen der Schwangerschaft vor der Hochzeit dumm anredet.«

Marlene schweigt. Sie wird doch nicht endlich ihre Pläne realistisch hinterfragen? Die Kati-Oma hat ihre maximale Schweigefähigkeit von zwei Minuten bereits bei Weitem überschritten.

»Nur ein Krimi-Dinner ist zu wenig.«

Lächelnd stimme ich ihr zu.

»Ja, das sehe ich auch so. Lasst uns als Ersatz für das Festival einen Ausflug machen. Vormittags nobel brunchen, danach ab zur Aromaöl-Therapie. Whirlpool geht ja nicht, weil das Wehen auslösen könnte. Ich kenne einen Profi: Rebecca macht Aroma-Therapie im privaten Rahmen und kennt sich aus, was guttut und was eine hochschwangere Toni besser nicht riechen sollte. Und sie vermietet ihren romantischen Wintergarten. Ich schlage vor, wir legen dort anschließend noch eine kleine Pause ein, mit Mittagschlaf für die Braut. Damit liegen wir preislich bei der Hälfte gegenüber dem vorher überlegten Programm.«

»Zum Mittagschlaf müssen wir aber einen Fresskorb mitnehmen, sonst verhungert Toni dazwischen. Die frisst zurzeit wie ein Scheunendrescher.« Da hat sie recht, die Marlene, so uncharmant sie es auch geäußert hat.

»Und danach ist schon Schluss? Das ist nicht genug für meine Toni!« Die Kati-Oma gibt sich gewohnt kämpferisch.

Ich beruhige sie grinsend.

»Na, freilich ned. Es ist dann erst etwa 15 Uhr. Was haltet ihr davon: Toni tanzt und singt gerne. Wir machen dort noch eine Karaoke-Kaffeeparty. Toni kann sich jederzeit mal hinlegen und ausruhen. Derweil bereiten wir Salat und Nachspeise für das Krimi-Dinner vor. Da kann sie mitmachen oder nicht, je nachdem, wie fit sie sich gerade fühlt. Und nach dem Dinner ist sie eh bettreif. Ich bestelle asiatisches Fingerfood für den Hauptgang, den lassen wir uns liefern.«

»Wir müssen um 20 Uhr mit dem Essen fertig sein«, lästert Marlene. Die Kati-Oma und ich stimmen ihr lachend zu.

»Also Start des Krimi-Dinners um 18 Uhr. Das reicht als Programm. Schließlich heiratet sie am nächsten Vormittag und soll den Tag ja auch genießen. Und auf keinen Fall vor lauter Stress gebären.«

»Wir hätten so tolle Sachen machen können, wenn sie mit dem Kind gewartet hätten«, seufzt Marlene.

»Die machst halt dann du irgendwann! Für sie und Basti ist das Kind wichtiger als die Heirat.«

Toni ist bis dahin in der 36. Woche. Das heißt: keine Verzögerungen und kein Risiko!

Die Kati-Oma zeigt sich zufrieden, was sich wieder erledigt hat, als sie hört, dass dieser Tag nur für Toni und ihre etwa gleichaltrigen Freundinnen sowie Marlene gedacht ist. Ich erkläre es ihr nicht zum ersten Mal.

»Kati-Oma, du wolltest bei der Planung mitmachen, obwohl ich es dir gesagt habe. Die Familie ist nur am Hochzeitstag dabei, nicht beim Junggesellinnenabschied. Du darfst sogar den Herrn Breitschneider mitnehmen.«

»Typisch, ihr habt den Spaß! Glaubt ihr, das weiß ich nicht? Immer werden wir Alten abgeschoben.«

»Es werden alle Alten über 35 abgeschoben. Du bist nicht allein mit dem Schicksal.« Marlene spricht aus, was mir auf der Zunge liegt. Doch so frech bin ICH nicht zur Kati-Oma. Ich versuche die Besänftigung durch Aufwertung.

»Ich brauch dich anderweitig, Kati-Oma. Du musst eine wichtige und schöne Arbeit erledigen.«

Tja, aber was nur? Dazu habe ich mir einige Gedanken gemacht, denn ich kenne die Kati-Oma und ihre energische Art ja lange genug. Am Hochzeitstag selbst managt Theresa bereits das meiste, Bastis Mutter hilft mit – solange ihr Ex nicht auftaucht. Dann kann sie für nichts mehr garantieren, sagt sie. Wie im Kindergarten. Da wundert es mich nicht, dass Basti beruflich in die soziale Schiene mit

Betreuung abgebogen ist. Man will ja irgendwann verstehen, was mit den Eltern los ist. Beziehungsweise in Bastis Fall anderen Kindern und Jugendlichen helfen, im Alltag mit schwierigen Familiensituationen klarzukommen.

»Kati-Oma, du schreibst uns kleine Geschichten aus Tonis Kindheit zusammen, die du mit ihr erlebt hast. Ich mache später ein Fotobuch, da kommen die mit rein. Die müssen nicht lang sein. Etwas Lustiges oder Rührendes, was typisch Toni ist.«

Die Oma schaut zunächst zweifelnd und überlegt mit Kopfschütteln. Dann zieht ein Strahlen über das runzlige Gesicht mit den wiefen blauen Äuglein, die Toni fast direttissima, also via den Papa, von ihr geerbt hat.

»Ja, ich glaub', da fällt mir was ein«, kichert sie. *Da bin ich mir sicher. Vermutlich muss ich den dicken Rotstift ansetzen, ihr zweiter Vorname ist ja »schonungslos«.* Doch vorerst ist die Oma ausgelastet und abgelenkt, und kleine Episoden, die ich wie Zettelchen arrangieren will, machen sich bestimmt gut zwischen den Fotos. Und ich hab' selbst auch ein paar Storys parat, zu den Fotos von Toni und mir, die mein Kinderfotoalbum zieren.

Ein wichtiger Ratschlag einer Freundin war: »Wenn du Trauzeugin bist und den Junggesellinnenabschied organisieren musst, verteil die Aufgaben großzügig, denn du bist rundum damit beschäftigt, dass die Sache nicht schief geht.«

Und ich höre auf Leute, die es besser wissen – meistens.

Marlene darf also die Chatgruppe mit den zehn Teilnehmerinnen anlegen und sich um die Songs und das

Zubehör für den Karaoke-Nachmittag kümmern. Es gilt natürlich trotzdem: »Small Minnie's watching you.« Nicht, dass Toni nachher nur Roy Black oder Helene Fischer trällern darf oder Metal-Klänge grölen. Mit etwas Alkohol wäre rappen cool, aber das geht ja leider nicht. Da haben Toni und ich in der Vergangenheit schon viel Spaß gehabt. Ich bin sehr hoffnungsfroh, dass das alles wieder kommt, wenn das Baby größer ist. Dann rappt der Zwack halt mit Ohrenschützern mit der Mama mit.

Maria und Sonja organisieren einen Dekobastelabend in der nächsten Woche und kaufen auf möglichst günstigem Weg das Material ein.

Später sitze ich zuhause und erledige die restlichen Orga-Telefonate. Es sieht so aus, als könnte es klappen. Außerdem bin ich Optimistin, und auch Traudls Vorhersagen machen mir Mut. Meine Mutter zahlt übrigens die Hochzeitsfotografin.

Als ich gerade die Kosten kalkuliert und auf zehn Leute verteilt habe, höre ich den Schlüssel in der Tür. Alex schaut etwas enttäuscht aus, weil ich nicht gekocht habe. Doch meine Begründung stößt auf volles Verständnis. Ich schicke die Info an die Chat-Gruppe, die Marlene bereits angelegt hat. Tonis anteiliger Beitrag wird auf uns alle aufgeteilt. Und jede Partyteilnehmerin soll eine Kleinigkeit zum Brunch beisteuern.

Nach diesem Termin bin ich zwar völlig erledigt, sehe aber endlich Land für morgen. Ich will an meinem »Kunstwerk« weitermachen. Nachdem mein Schrank mit den künstlerischen Verwirklichungen seit der Vernissage im Ganserhaus leer ist und ich einige Bestellungen eines

Münchner Galeristen abgearbeitet habe, will ich Neues schaffen. Dazu muss ich mich treiben lassen, das bedeutet, meine Fantasie braucht Ruhe. Doch leider habe ich mich zu früh auf einen Tag ohne Unterbrechungen gefreut.

Erstens steht mir schon um halb neun der Theo mit seinen Fischtöpferwünschen auf den Zehen, er will nochmals wegen den Welsbarteln verhandeln. Zweitens taucht der Simon im Laden auf, Theo ist nämlich sein Onkel. *Ja, die Welt ist klein ... Das wissen wir ja nur zu gut.* Und Simon und Theo bitten mich um Hilfe. Na toll, der Gustl ist nicht einsatzbereit und Alex mehr als alarmiert, dass ich in einen Fall hineingezogen werde, in dem eine junge hübsche Frau ermordet wurde. Mir wäre ja auch lieber, ich hätte meinen Ermittlungspartner an der Seite anstatt einen Vertreter, der sich nicht zu erkennen gibt. Ich weiß nur einen Vornamen, Pangratz, also hilft googeln nicht.

Meine Mutter hat es aktuell ebenso wenig leicht, denn der derart eingeschränkte Gustl ist »kreizlästig«. Einen Besuch bei ihm kürze ich ab. Solange die gluckende Traudl da ist, kann man mit ihm eh nicht reden. Sie ist extrem genervt, was ich verstehe. Sie macht sich viel Mühe, und der Kranke hat eine selektive Wahrnehmung, gepaart mit männlicher Bockigkeit.

»Gustl, trink deinen Tee aus, wir müssen zur Krankengymnastik.«

»So ein Schmarrn, ich soll mich ned bewegen, hat der Doktor gesagt.«

»Da hast du wieder nicht zugehört. Du sollst ned weit gehen, aber der Fuß muss beweglich bleiben. Deswegen die Krankengymnastik mit Übungen, die dir nicht schaden.«

»Ich hab' sehr wohl zugehört. Der redet nur so schnell. Bis ich die Aussage zwischen den ganzen lateinischen Fachbegriffen gefunden habe, werde ich schon zur Tür rausgeschoben.«

Traudls Seufzer hört man sicher bis oben im Burgerfeld. Und mir fällt auf, dass ich ihren kastanienbraunen Bob zum ersten Mal in Unordnung sehe, so, als raufe sie sich die Haare, wenn sie keiner beobachtet. Zu ihrer beider Glück läutet Gustls Handy.

»Ja, Pangratz, des is schee, dass du anrufst.« Der arme Kranke klingt so erleichtert, als wäre die Hinrichtung verschoben.

»Zur Krankengymnastik fahren wir trotzdem«, murmelt meine Mutter erbost. »Dann musst du dich halt nachher schneller fertigmachen, wenn du jetzt ratschen willst.«

Derweil Gustl versucht, das Unvermeidliche hinauszuzögern, zieht Traudl bereits ihren schicken Mantel an. Aktuelle Frühjahrskollektion, Karomuster in zwei Grüntönen. Laut Traudl der neueste Schrei. Wenn sie es sagt. Ich kenne mich da ja nicht aus und lebe ganz gut mit meiner Ahnungslosigkeit. Lieber nicht so modern, dafür nachhaltig. So ein Sommerkleid hält ebenso wie eine Jeans ewig – also bis in der Waschmaschine die ersten Löcher entstehen. Angeblich liegt das nicht an der Maschine, sondern an der geplanten Kurzlebigkeit. *Eine Frechheit, wenn ihr mich fragt.*

»Waaaaas? Das ist ja sakrisch hinterfotzig und brutal.«

Traudl unterbricht ihr Zuknöpfen, und wir beiden warten auf weitere Infos aus dem Telefon. Aber der Gustl weiß, wie er Spannung aufbaut.

»Hm, soso, ja, das glaub' ich. Ehrlich wahr?«

Traudl nimmt dem Gustl sein Bier weg und schiebt ihm eine Teetasse hin. Gustl schluckt nervös. Er hasst Tee – *ist einfach zu gesund.*

Ich zwinkere Traudl zu und stehe auf: »Ja, ich muss dann auch mal wieder arbeiten. Falls ich den Gustl mal für dich fahren soll, sag Bescheid, Mama.«

Sie winkt lächelnd ab. »Das schaffe ich schon, er braucht da eine harte Hand. Sei mir nicht böse, aber du kriegst den Feigling wahrscheinlich nicht mal vor die Tür, Arminia.« Traudl liebt meinen Taufnamen, den ich dagegen so dick habe wie Socken auf frisch lackierten Nägeln

Grantige Blicke aus dunkelbraunen Augen fixieren meine Mutter. Die ignoriert das Gschau und meint sehr laut: »Sag deinem Freund Pfiati, Gustl. Sonst kommen wir zu spät.«

Nun kann ich nicht mehr und fange an zu lachen. Ein Gespräch wie mit einem kleinen Kind. Und der Pangratz hat das bestimmt gehört. Es wird allmählich peinlich für den Ex-Bullen, deswegen kommt er doch zum Ende.

»Pangratz, ich dank' dir für die Info. Ich hab' jetzt so einen saublöden Termin wegen dem Knöchel. Ja, ich sag' es ihr.«

Die Traudl steht vor ihm und hat schon seinen Mantel und die Krücken parat. Nun seufzt der Gustl.

»Der Pangratz hat was Wichtiges erzählt: Die Corinna ist zuerst gewürgt worden, bis sie bewusstlos war, und dann hat sie der Kerl mit dem Kissen erstickt.«

Fassungslos starren wir ihn an. Nun verstehen wir seinen entsetzten Ausruf vorhin am Telefon.

Traudl wispert: »Das ist ja furchtbar.«

»Es war ein Mann?«, hake ich nach. Gustl hebt die Schultern.

»Sagen wir mal, zu 90 Prozent. Es waren große Hände, den Druckpunkten nach.«

»Deinen Pangratz hab' ich übrigens immer noch ned getroffen.«

»Ich soll dir ausrichten, er kommt demnächst mal zu dir in die Werkstatt.«

»In Ordnung. Jetzt viel Erfolg bei der Gymnastik, Gustl.«

Die Antwort ist ein Geräusch zwischen Prusten und Röhren. Dementsprechend sagt die Traudl energisch: »Sind wir im Tierpark oder was? Stell dich ned so an, du warst Polizist!«

Ja, doch es existieren eben Sachen, die mag ein gestandener bayerischer Mann gar ned: Gymnastik, Tofu, Schaumbäder und kreischende Frauenstimmen. *Hab' ich noch was vergessen? Bestimmt!*

Und dann scheint sich die Stadt gegen mich zu verschwören. Sie gibt mir Zeichen. *Ihr denkt, ich spinne? Nein, nein.* Der Tag fing mit einer morgendlichen Führung im Heimatmuseum an, bei der ich einer kleinen Gruppe das Thema Symbole näherbrachte.

Von denen finden sich einige auf Bildern und Möbeln sowie an Mauern und Toren in Wasserburg. Und ihre Deutungen je nach geschichtlicher Ära sind teils spannend, teils amüsant. Die acht Interessierten, eine Kleinbusladung aus dem Allgäu, folgen mir durch die Räume in der Herrengasse, die sich über vier Stockwerke verteilen. Die Kutschen im Erdgeschoss beachten wir nicht, sondern betrachten die gruseligen Metallschilder, die Verurteilte bloßstellten. Sie bekamen eine schwere viereckige Plakette um den Hals »Wegen Diebstahl«, »Gattin Mörder« oder auch »Ausgezeichneter Mörder«.

Im ersten Stock erkläre ich einige Symbole auf Gemälden. Bei den zahlreichen Mitgliedern einer Kaufmannsfamilie, die alle schwarz gekleidet sind, weiße Spitzenkrägen tragen und eine Rosenkranzkette in den gefalteten Händen halten, erkennt man bei dem einen oder der anderen zudem ein rotes Kreuz zwischen den Fingern. So kennzeichnete man, dass diese Person verstorben ist.

Birnen wiesen auf Kinderreichtum hin, Zitronen standen für Luxus, und zugleich besaß die dargestellte Dame angeblich die Tugend der Mäßigung. Tulpen ließen sehr wohlhabende Familien erkennen. Die Tulpe sorgte übrigens als erstes Spekulationsgeschäft für große Pleiten. Ihr Wert steigerte sich, bis man vier Pferde und eine Kutsche gegen ein paar Zwiebeln eintauschen musste. Und wie so oft bei solchem Wahnsinn nahm auch die Tulipomanie oder »Tulpenmanie« oft einen schicksalhaften Verlauf. Wachs war ein weiteres hochwertiges Gut, allerdings von Dauer. Zehnmal so viel wert wie Fleisch wurde es für Figurenspenden in den Kirchen verwendet.

Natürlich sind noch andere Kleinigkeiten abgebildet, oft recht unauffällig, aber doch aussagekräftig für den, der es weiß: Ringe und Wappen, Goldketten und teure Spitze – man zeigte eben, wie wichtig man war. Heute geht das über Social Media oder in Klatschmagazinen mit Bildern von Stars auf dem roten Teppich oder von der High Society bei Spendengalas.

Es finden sich im Heimatmuseum auch Stammbäume alteingesessener Wasserburger Familien und jede Menge Märtyrerbilder. Falls man wissen will, wer für den Glauben oder andere Menschen sein Leben gab: Irgendwo auf dem Bild ist vermutlich ein Palmzweig als Zeichen eingefügt. Mich begeistern vor allem die Bilder von Wasserburg, die beispielsweise den Marienplatz zeigen, als dort noch Pferdekutschen unterwegs waren und Kinder spielten. Heute heißt es flott sein, wenn man die Straße überqueren will, weil sich die meiste Zeit des Tages eine Autoschlange durch die Altstadt zieht.

Einige der Besucher, die hinter mir herspazieren, kichern, als ich erkläre, woher die »Torschlusspanik« kommt. Teils bis ins 19. Jahrhundert musste man rechtzeitig abends in der Stadt sein, denn die Tore wurden nachts geschlossen, um »lichtscheues Gesindel« fernzuhalten. Amüsant finden die Acht auch den Gedanken, dass Sex damals nur im Dunkeln stattfand, weil man bei Licht sofort die christlichen Symbole am Betthimmel erblickt hätte – ein kleiner Lustkiller quasi. Wie eine verheiratete Frau sich kleidete, sieht man entsprechend dem Spruch »unter die

Haube kommen«, und es erklärt sich angesichts der Münzknöpfe an den Herrenjacken, was »jemandem etwas abknöpfen« bedeutet – das war einfach eine Zahlungsform, die man am Leib trug.

Es wird ein bisschen abergläubischer, als ich von den Spiegeln erzähle, die in Schranktüren eingebaut wurden, um böse Geister abzuschrecken. Diese sehen dann sich selbst und können nicht hinein. Das Schratzlkreuz hält den Schabernack treibenden Haus- oder Waldschrat fern, alternativ kann man ein Schälchen Milch hinstellen, da der Schrat oft in seiner zweiten Gestalt, einer schwarzen Katze, auftaucht.

Pentagramm oder auch Drudenfuß sollten die Druden abwehren. Das ist eine dieser für mich beklemmenden Auswüchse in der Geschichte, wenn man sich wieder einmal einfacherer Menschen, oft junger Frauen, als »Schuldige« bediente. Denen, die sich meist nicht wehren konnten, sagte man böse Mächte nach. Angeblich kamen sie nachts in die Kammer und setzten sich auf die Brust des Schlafenden, bis er nicht mehr atmen konnte. Vermutlich war eher der fette Schweinsbraten schuld, der einen Herzinfarkt oder Schlaganfall auslöste. Um die Druden fernzuhalten, zeichnete oder legte man ein Pentagramm vor die Tür. Die fünf Zacken des Sterns stehen eigentlich für die Elemente Feuer, Wasser, Erde, Luft und Geist.

Um die Führungsteilnehmer ohne Gänsehaut, aber dafür mit einem Schmunzeln in die Frühlingssonne zu entlassen, erwähne ich vor einem Glaskasten mit Modellen für Backwerk, dass der Schuh als phallisches Symbol galt: Es geht ja ums Hineinschlüpfen und umschlossen werden. So gesehen sind meine Flipflops eher unerotisch. Alex sieht das allerdings anders, er mag meine nackten Füße mit den bunt lackierten Nägeln ausgesprochen gern. In den nächsten Tagen soll es wärmer werden, dann beginnt die Zeit meiner Lieblingsschuhmode.

Nach der Führung gönne ich mir ein Eis und gehe schleckend durch die Rathausgasse zum Marienplatz. Das ist nicht der direkte Weg, aber es ist so schön in der Sonne, daher mag ich auch noch nicht ins Haus. George finde ich an einem warmen Plätzchen vor der Schranne, er begleitet mich auf die Rote Brücke, wo ich nachdenklich die Stadt-»Skyline« und den Inn betrachte. Aktuell gibt es einen Streit um das neu gestrichene Gruberhaus. Manchen ist die neue Farbe zu kräftig, und sie stören sich am Schriftzug des Namens. Ich finde, es passt gut in die Reihe und ist den Ärger keinesfalls wert – die Geschmäcker und Meinungen sind jedoch verschieden. Bin schon gespannt, wie die Sache ausgeht.

Hinter mir eilen die Menschen vorbei: Schüler, Touristen und andere, denen es pressiert oder die den Ausblick ebenso genießen wie ich. Unten am Inn vor der Biegung Richtung Mühldorf sitzt ein einsamer Angler mit Schlapphut. Er sieht zu mir herauf und erhebt sich. Dann rollt er seine Schnur auf und packt zusammen. Ich wende mich seufzend zum Brucktor, es hilft nichts: Wels und Hecht warten auf mich.

Vor dem Torbogen angekommen, schaue ich hinauf zum dort thronenden Jupiter, dem »Gott des Optimismus'«, doch er hat auch den Beinamen »Blitzeschleuderer«.

Hach, diese Menschen mit ihrem Aberglauben, obwohl ich ja für Mystik durchaus empfänglich bin. Plötzlich höre ich ein Donnern und blicke mich erstaunt um und nach oben: Direkt über mir steht eine schwarze Wolke, die eine Sekunde später alles herunterlässt, was sie geladen hat. *Ja, was soll das denn jetzt sein? Eben war der Himmel noch blau!* Ich springe unter das schützende Tor und betrachte kopfschüttelnd den wolkenlosen Himmel auf der anderen Seite. Vermutlich habe ich Glück, dass mich Ungläubige kein Blitz getroffen hat. Oder es war ein Zeichen, nicht weiter zu trödeln. Theo wartet sicher bereits auf mich.

Im Laden stelle ich schmunzelnd fest, dass Theo das Warten nichts ausmacht. Er vertreibt sich die Zeit mit einem Ratsch am Telefon und winkt mir fröhlich zu. Ich gehe nach hinten in die Werkstatt und krame die Notizen zu den Fischen und meine gezeichneten Vorschläge aus der Schublade. Gemalt sehen sie schon gut aus. Ich habe mich auch lange mit Fotos der Tiere beschäftigt.

»Die Barteln müssen mehr abstehen, Minnie«, ist Theos Urteil zu meiner Wels-Zeichnung. Er reibt sich das stoppelige Kinn und stößt brummende Laute aus.

»Ja, das weiß ich, Theo. Aber dann brechen sie entweder im Brennofen oder spätestens bei dir auf der Fensterbank ab. Sie sollten zur Stabilität so lange wie möglich am Körper anliegen, ich arbeite sie jedoch deutlich heraus. Und ganz am Ende lasse ich sie etwas in die Luft ragen. Wie findest du den Hecht?«

»Der ist bärig. Schaut richtig bös aus.«

Wie Theo: Der erweckt diesen Eindruck nicht mit den Zähnen, sondern mit seinen zusammengezogenen Augenbrauen, die dadurch zu einer dicht wuchernden Monobraue werden. Im Gegensatz zu einem Hecht ist der Theo allerdings eine Seele von einem kugelrunden Mann.

Die nächsten Stunden beschäftige ich mich damit, den Ton zu schlagen, sodass er gut entlüftet wird. Ich schätze das benötigte Material und forme als erstes den Wels: ein breiter Körper und Kopf, die kleinen Augen liegen seitlich am Kopf gleich hinter den großen Barteln. Von denen gibt es zwei, dann noch vier kleinere unter dem Kinn. Neben den Barteln existieren weitere hervorstehende Elemente, nämlich jede Menge Flossen an allen möglichen Stellen und in verschiedenen Größen. Nachdem ich mit dem hohlen Körper zufrieden bin, wickele ich ihn in feuchte Lappen ein und mache mich an die Barteln und Flossen. Ein Blick auf die Uhr zeigt mir, dass es bereits später Nachmittag ist. Trotzdem bleibe ich dran, bis alle Teile gefertigt und ebenfalls feucht verstaut sind. Morgen wird zusammengefügt.

Ich wünsche Theo einen schönen Abend und flitze in den vierten Stock – mit einer Pause im dritten, denn die Frau Kreuzpointner hat mich herankeuchen gehört. Ich stoppe ab und widme mich dem Atmen, während sie mir den neuesten Klatsch weitergibt, den ihr ihre Freundin Margarethe vor den Markthallen erzählt hat. Genauer gesagt vor dem Zebrastreifen.

»Und da hat mich doch glatt so ein Depp angehupt. Was der wohl wollt?«, fragt sie erbost. Ich kann es mir denken:

Der war verunsichert, ob die Damen jetzt über die Straße möchten oder nicht.

»Mei, Minnie, und dann hab' ich den Herrn Romberger getroffen. Der ist so schwer gehumpelt, der Arme.«

»Trotz der Krücken?«

»Welche Krücken?«, fragt sie erstaunt. »Er hat gsagt, die braucht er ned. Außerdem hab' ich ihm geraten, für seinen Fuß zu beten. Der Heilige Sebastian hilft einem netten Mann wie dem Herrn Romberger bestimmt.«

»Ist der Sebastian ned der Schutzpatron gegen die Seuchen? Also vielleicht eher derjenige, den man bei der Grippe oder Corona anrufen sollte?«

»Ja, und für die Brunnen der Stadt ist er auch zuständig.«

Dass sich mir der Zusammenhang mit dem Gustl nicht erschließt, sieht sie mir wohl an und erklärt: »Da hat er kurz Rast gemacht, am Brunnen vor der Schranne.«

»Mit einem Kaffee und einer Butterbrezn vermutlich.«

»Freilich, sonst hätt' er den weiten Weg heim ja nicht mehr geschafft. Offensichtlich bekommt er zu wenig Unterstützung.«

»Hat er das gesagt?«, erkundige ich mich erstaunt. *Die Traudl hetzt ihm den Mars auf den Hals, falls er sich bei der Kreuzpointnerin als schlecht versorgt beklagt.*

»Na na, das denk ich mir halt.«

Nachdem der Gustl meistens bei meiner Mutter residiert, die vielleicht vierhundert Meter entfernt wohnt, sehe ich die Butterbreze nicht unbedingt als lebensrettend an. Eher umgekehrt, wenn ich an die Butter und Gustls Bluthochdruck denke.

»Er bekommt viel Unterstützung, Frau Kreuzpointner. Und ich fände Krankengymnastik und Bewegung für den Herrn Romberger klüger. Aber er ist halt bockig.«

»Mei, er ist ein echter Mann.«

Ja, die sind gern bockig, da hat sie in ihrer Folgerung recht. Meine Folgerung bei dem Geruch nach Verbranntem dagegen empfiehlt, dass meine Unter-mir-Nachbarin wohl besser mal in der kreuzpointnerischen Wohnung nach dem Essen schaut. Das rate ich ihr, doch sie winkt ab: »Bin fertig mit dem Essen, ist ja schon Viertel nach fünf. Mir ist bloß der Leberkas angebrannt. Der Herr Romberger hat mir erzählt, dass ihr wieder einen Fall habt – in Oberaudorf. Wer ist denn der Mörder von dem Flitscherl?«

»Wer sagt, dass die Tote ein Flitscherl war?« *Der Gustl sicher nicht!*

»Die Margarethe. Die hat eine Freundin in der Bäckerei dort, die kennt die Familie. Und die behauptet, dass sie glaubt, dass die Verflossene die Frau umgebracht hat. Um ihren Ex zu erlösen.«

Ich arbeite jetzt lieber an meiner Erlösung. Außerdem kommt gleich ein hungriger Alex heim.

»Ich würde sagen, wir warten mal ab, was die Rosenheimer Polizei rausfindet, oder? Einen schönen Abend, Frau Kreuzpointner.«

Da meine Nachbarin ebenfalls weiß, dass mein Freund bald auftauchen wird, lässt sie ihre Wohnungstür weiterhin offen – und ich meine. *Ich bin gespannt, wie schnell Alex das Bermuda-Dreieck im Mayrhofer-Haus durchqueren kann.*

Er braucht exakt so lange, bis die Penne knackig angebraten sind. Dazu kredenze ich Gorgonzola-Sauce, Schwammerl und einen grünen Salat.

Schmunzelnd lausche ich, wie er versucht, sinnloses Gebrabbel und neugierige Fragen abzuwehren und das Gespräch zu beenden, ohne der wissensdurstigen alten Dame alles über Kundenkonten oder unser Liebesleben zu verraten. Die Kreuzpointnerin ist schon sehr hartnäckig. Schließlich tritt er mit Schweißtropfen auf der Stirn in die Küche und gibt mir einen zärtlichen Kuss.

»Minnie, du glaubst nicht, was ich auf mich nehme, um zu dir zu kommen.«

»Ich weiß es genau, o du mein Held. Aber man muss sagen, heut hat es gut gepasst: Auf die Kreuzpointnerin ist Verlass, wenn ich spät dran bin.«

»Hast du sie auf mich gehetzt?«

Ich lache ihn aus. »Niemals! War dein Tag so schlimm? Normalerweise wimmelst du sie schneller ab.«

»Furchtbar nervig. Außerdem sind so viele Kollegen krank, da bin ich immer zum Schalter gesprungen, sobald Not am Mann war. Da wäre ein Bier auf dem Balkon schöner gewesen, als im Treppenhaus der Inquisition in die Hände zu fallen.«

»Nächstes Mal rette ich dich wieder, Hase. Aber ich war bis vor einer halben Stunde in der Werkstatt. So ein Fisch hat ganz schön viele Extremitäten, dafür dass er weder Hände noch Beine hat.«

Ich reiche ihm sein kaltes Bier, und er grinst frech. »Ein Fisch und Extremitäten. Da bin ich mal gespannt, wie laut der Kilian lacht, wenn er das hört.«

»So laut wie ich lache, wenn ich dich doch nicht vor der Kreuzpointnerin rette«, erwidere ich ungerührt und packe das Essen auf die Teller. Die gebe ich an Alex weiter, während ich Salatschälchen hinaustrage. Dann hole ich mir ein alkoholfreies Pils und eine Strickjacke, denn auf dem Balkon ist es noch frisch. Neben dem gurrenden Taubenpärchen, das auch in diesem Jahr seine beiden fiependen Jungen im wettergeschützten Eck bereit für die taubenfeindliche Welt da draußen macht, essen wir, gemütlich vor uns hinratschend.

Später ruft die Traudl an, die Luft ablassen muss. Ich schaukele lauschend in der Hängematte, während Alex die Zeitung liest. Vermutlich hört er trotzdem alles mit, weil meine Mutter vor Entrüstung eine höhere Stimme als gewöhnlich hat.

»Der macht mich wahnsinnig. Jetzt war er in der Stadt unterwegs – ohne Krücken. Ich war nur kurz einkaufen. Wie ich zurückkomme, wollte er sich grad ins Haus schleichen, hat aber die Treppe nimmer geschafft.«

»Echt, so schlimm?«

»Ja! Das schmerzverzerrte Gesicht hättest du sehen sollen, Arminia. Ich hab' ihm seine Krücken geholt und ihn sitzen lassen. Und was macht er? Fängt glatt an zu mosern, dass ich ihm nicht helfe. Und wie arm er dran sei. Da hab' ich ihm ein Bier neben ihm auf die Treppe gestellt. Damit er nimmer ganz so arm ist.«

Nun muss ich doch lachen. So gern ich meinen Gustl auch mag, aber da ist er in seiner stolz-männlichen Sturheit halt selbst schuld.

»Wie geht es ihm jetzt?«

»Mei, er ist die Treppen raufgekrochen. Die Krücken und das Bier hab' ich dann wieder transportiert. Gerade liegt er im Bett, mit einer Ibu 600 und einem Buch. Und dem Wissen, dass die Planeten nicht wohlwollend sind, was seine Gesundheit angeht.«

Ja, das glaube ich sofort, dass die Traudl ihre Tabellen ausgewertet hat. Und wenn man will, findet man meiner Ansicht nach immer einen Jupiter, Mars oder eine Venus, die grad schlecht aufgelegt sind. Da wird der Gustl vielleicht doch mal eine Zeitlang Ruhe geben, wenn ihm das halbe Universum auf den Fersen ist.

In den nächsten Tagen hören wir nichts Neues aus Oberaudorf. Über Basti erfahren wir von Kilian, dass Simon völlig niedergebügelt ist. Seine Mutter und die Babsi scharwenzeln ständig um ihn herum, weshalb der arme Witwer sein Heil in einem abendlichen Bier beim Kilian oder im Vereinsheim der Fischer sucht. Die Polizei rückt keine Infos raus, weder an den Gustl noch an seinen mir unbekannten Spezl. Mit den Fischen komme ich voran, der Wels hat seine Barteln und Flossen. Ich verpasse ihm mit einem Schwamm und der Engobe-Masse ein grünbraunes Aussehen. Als die Farbe trocken ist, arbeite ich mit dem Pinsel nach. Und irgendwann bin ich mit dem mystischen Eindruck zufrieden. Ein kleines bisserl dumm darf er ja ausschauen, der Fisch, oder?

Am Wochenende darauf nehmen wir wieder Reißaus aus Wasserburg, diesmal mit Basti und Toni. Das hat sich ergeben, als meine Freundin den ersten Anfall von »nervöser Braut« durchmachen musste. Den hat ein Streit über die persönliche Wichtigkeit zwischen Marlene und der Kati-Oma ausgelöst. Geendet hat er mit einem Heulkrampf von Toni. Beziehungsweise damit, dass Theresa ihre ältere Tochter vor die Tür gesetzt und von ihrem Mann verlangt hat, dass der seine Mutter etwas früher als sonst in die Seniorenresidenz bringt. Das hat gewirkt, die Kati-Oma war sprachlos. Theresa ist eine Seele von Mensch, lacht oder lächelt meistens, und ihre manchmal herrschsüchtige Schwiegermutter ist normalerweise ein immer willkommenes Familienmitglied. Aber wenn Theresa einmal in zehn Jahren die Nerven verliert, dann springt Thomas Hundshammer.

»Der Papa hat wortlos den Rollstuhl geholt und Omas Sachen. Der Marlene hat er ihre Handtasche in die Hand gedrückt. Da hab' ich kurz gedacht, er bricht zusammen, weil die bunkert ja einen Friseur- und Kosmetiksalon da drin. Die Marlene und die Kati-Oma haben keinen Pieps gesagt.«

Toni hat leichte Schnappatmung, das höre ich durchs Telefon.

»Leg dich erst mal ein bisserl hin, Toni. Brauchst du etwas?«, frage ich besorgt. Denn zwei bis drei Wochen sollte das Butzerl schon noch im Bauch bleiben, damit er einen guten Start in Wasserburg hinlegen kann.

»Die Mama hat mir einen Tee gemacht. Und in zwei Stunden kommt Basti und holt mich ab. Mama wollte nicht, dass ich zu seiner Wohnung laufe. Sie meint, ich hab' mich zu sehr aufgeregt.«

Das klingt für mich alles nicht so gut. Wenn Theresa sich solche Sorgen macht ...

»Gibst du mir deine Mama mal?«

Dass Toni das tut, ohne nachzufragen, zeigt, dass sie völlig durch den Wind ist.

»Griasdi Minnie, mach dir keine Sorgen«, fängt Theresa gleich an, bevor ich zu Wort gekommen bin. Sie kennt mich gut, schließlich stecken Toni und ich seit dem Kindergarten zusammen. Und weil Traudl damals wegen ihres neu erworbenen Ehemanns, der seit Langem schon ein Ex-Ehemann ist, kaum Zeit für mich hatte, war ich häufiger Gast bei den Hundshammers.

»Die drehen langsam total durch, die beiden. Ich dachte eigentlich, ich hab' sie neulich bei unserem Treffen eingebremst. Es tut mir leid, dass ich sie so wenig im Griff habe«, meine ich etwas schuldbewusst. Theresa lacht laut auf.

»Als wenn jemand die Kati-Oma gut im Griff haben könnt. Du bist da eh ganz vorn dabei. Ich ärger' mich eher über die Marlene. Die meint, sie muss jetzt in Tonis Hochzeit packen, was sie vielleicht nie haben wird. Ich hab' Toni schon angeboten, dass wir ihnen eine Reise spendieren, mit dir und Alex, wo sie heimlich heiraten. Aber sie will uns alle dabeihaben.«

»Du bist echt eine tolle Mama, dass du so was in Betracht ziehst«, lobe ich sie. »Toni hat allerdings recht: Die beiden spinnerten Goaßn müssen sich zurückhalten und ned alle anderen auf die Feier verzichten.«

Etwas später ruft mich Basti an. Ein weiterer sanftmütiger Mensch, dem die Geduld ausgeht.

»Ich war grad bei der Kati-Oma und der Marlene und hab' ihnen gesagt, was passiert, falls die sich noch einmal so aufführen. Das kann doch ned sein, dass Toni eine Frühgeburt hat wegen diesen Egoisten.«

»Basti, die haben das jetzt sicher verstanden. Und Theresa lässt die beiden wahrscheinlich nicht mehr zur Tür rein, wenn Toni da ist.«

Er seufzt tief auf. »Ich hab' erst in drei Wochen Urlaub. Den hab' ich extra so gelegt, dass ich vor und nach der Geburt möglichst lange bei Toni und dem Baby sein kann.«

»Ich hol sie mehr zu mir, Basti. Dann werden die Fische eben ein paar Wochen später fertig.«

»Minnie, das ist lieb, aber du musst ja auch arbeiten. Ich würd' übrigens gern mit Toni am Samstag nach Oberaudorf fahren. Ein bisserl um den Stausee spazieren und in die Sonne setzen. Es soll schön werden. Habt ihr Lust, mitzufahren?«

»Ja, freilich.«

Und nebenbei könnte ich die Ohren aufsperren, ob sich im »Fall Corinna« *etwas getan hat.*

Dorfratschn und Märtyrer

Der Fall ist in Oberaudorf immer noch präsent, also ist nichts Weiteres passiert, was davon ablenken könnte. Auf unserem Weg zum Stausee halten wir an der Bäckerei, denn Toni beziehungsweise der kleine Vielfraß in ihrem Bauch wird bald nach dem zweiten Frühstück verlangen. Wir erkennen uns gleich wieder: die Dorfratschn Anita und ich. So ist das, wenn man sich von Grund auf unsympathisch ist.

»Ach, da schau her, auch wieder im Lande. Gfällts euch in der Stadt nimmer?«

Na ja, wer Wasserburg als typische Stadt sieht, wohnt schon sehr, sehr weit draußen. Ich bemühe mich um Höflichkeit, vorerst.

»Mei, ihr habt es schön hier. Die Berge sind bei uns halt weiter weg.«

»Die Polizei sieht des leider nicht so. Glaubst, die würden mal öfters kommen und schauen, dass der Mörder gfundn wird? Ich hab' ewig keinen Kriminaler mehr gsehn bei uns.«

»Vielleicht gehen die ned jedes Mal in die Bäckerei und melden sich an?«

»Pffff, so ein Schmarrn. Jeder kommt zu uns und holt sich einen Apfelstrudel oder eine Dampfnudel. Und selbst wenn ned – glaubst du, dass hier was passiert, was ich ned mitbekomme?«

»Warum weißt du dann ned, wer der Mörder ist?«, frage ich, während ich ungeduldig warte, dass sie endlich meine Bestellung einpackt.

»Wer sagt, dass ich es nicht weiß?«

Ich seufze. »Und, wer ist es?«

Sie schaut zur Seite, erst links, dann rechts – alles ist streng geheim, obwohl gerade keiner außer mir im Laden ist.

»Es sind doch immer die, die am nächsten dran sind. Der Freddy war im Rathaus zur Gemeinderatssitzung, der kann es ned gewesen sein. Ich tipp ganz schwer auf den Rudi. Den sollten sie sich mal vornehmen. Der ist ein Gloifi, hat aber die Finger an jedem Hintern.«

»An jedem?«, erkundige ich mich in anzüglichem Ton. Sie lacht.

»Des traut der sich ned bei mir. Da hackt ihm mein Franzl die Finger ab.«

»Und hat er ein Alibi, der Rudi?«

»Er sagt ja, allerdings ned, was für eins.«

»Na ja, wenn es kein gutes wär, würd' sich die Polizei schon mit ihm beschäftigen.«

»Als wenn die des interessiert. Die haben den Simmerl im Visier, dabei schaut der vor lauter Trauer gar nimmer gut aus.«

Sie wird doch nicht Mitleid haben? Nein, natürlich nicht.

»Warum man um so einen Hungerhaken trauern muss, woaß i zwar ned, aber mei: Manche Männer sind halt Rindviecher. Da lasst er die Babsi für die Zuagroaste fallen. Schee bläd.«

Sie nimmt wirklich gar kein Blatt vor den Mund, die liebe Anita. Sie ist genauso derb wie ihr Bairisch. Ihre schmalen dunklen Augen glitzern über den dicken Bäckchen. Ob sie hofft, dass ich mehr weiß und es ausplaudere?

»Also wenn es dir nix ausmacht, würd' ich jetzt gern zahlen«, sage ich kurz angebunden. Anlächeln kann ich dieses Weib nicht. Ich glaub', die zieht über jeden her. Morgen ist es eben dann die Babsi. Und heute ich, sobald ich den Laden verlassen habe.

Die Brezen und Käsesemmeln wandern in Papiertüten, die sie auf die Theke knallt. »Vierzehn Euro sechzig!«

»Jawoll!«, erwidere ich im gleichen Ton. Eigentlich sollte ich mir die Anita warmhalten, weil es wahrscheinlich nicht viel gibt, was die Frau nicht mitbekommt. Aber die bösartige Ratscherei geht mir zu sehr auf die Nerven.

Als ich Toni die Tüten gebe, reißt sie mit glücklichem Gesicht sofort die erste auf. »Ich dachte schon, du kommst gar nimmer.«

Sie schnappt sich eine Breze und beißt gierig hinein. Basti lacht, seine Augen schauen meine Freundin liebevoll an, und ich werde fast ein wenig rührselig. Die beiden sind seit

Jahren so verliebt. Sie haben sich wirklich gefunden und einander verdient.

Wir schrauben uns mit dem Auto die Bergstraße hinauf und erreichen bald den Stausee. Es ist zehn Uhr, und die Sonne kommt gerade erst dazu, in das kleine Tal zu scheinen. Das Wasser ist dunkelgrün und wirkt geheimnisvoll. Die Blätter an den noch kahlen Bäumen um den See beginnen allmählich zu sprießen. Toni hat nach wie vor Hunger, also muss der Spaziergang warten. Wir setzen uns auf die Bank neben der Parkbucht. Ich schenke Kaffee aus der Thermoskanne aus. Schweigend genießen wir die Stille, die nur von unserem Kauen durchbrochen wird.

Am hinteren Ende des Sees stehen drei Männer und unterhalten sich. In unserer Nähe befindet sich eine Staumauer, etwa acht Meter hoch und dreißig Meter breit. Ein schmaler Weg führt hinüber. Das Betreten-verboten-Schild hat der Angler in der Mitte des Übergangs ignoriert. Seelenruhig steht er da und schaut zu uns herüber, während die Angelschnur reglos herabhängt. Ahnt ihr, welche Kopfbedeckung er trägt? Ja, freilich, wieder so einen Anglerdätschi. Da dieser ein gestreiftes Muster hat und der Mann keine Sandalen und Socken trägt, gehe ich davon aus, dass er nicht derjenige ist, der mir ständig in Wasserburg über den Weg läuft. Neulich war ich ein paar Sekunden zu spät dran. Er kam aus Theos Laden, und ich stand auf der anderen Straßenseite und war zu weit weg vom Zebrastreifen. Ohne den zu benutzen, hat man zu manchen Uhrzeiten keine Chance, hinüberzukommen.

Dann versperrte mir der Linienbus vom RVO die Sicht und weg war der Kerl.

»So, worauf warten wir?« Toni schaut uns erwartungsvoll an. Basti hilft ihr beim Aufstehen, denn so ein Acht-Monats-Bauch stabilisiert sich im Sitzen und Liegen enorm. Die Haltung zu verändern, erfordert Kraft und Geschicklichkeit. Toni hat mir vergangene Woche vorgeführt, wie sie morgens aus dem Bett kommt. Und anschließend hat sie geschimpft, ich wäre an ihrem Bauchweh schuld. Kann ich was dafür, dass ich bei dieser Demonstration lachen musste? Sie hat sich in mein Bett gelegt, sich mit viel Ächzen auf die Seite gedreht, in Zeitlupe zuerst das eine, dann das andere Bein rausgeschoben und sich zum Sitzen ins Hohlkreuz hochgestemmt. Mit weitem Vorlehnen hat sie Schwung geholt und ist so aufgestanden.

»Du wirst schon sehen, dass es dir auch mal nicht besser ergeht.«

»Falls ich je Kinder kriege, da bin ich mir noch nicht sicher.«

Sie schüttelt ungläubig den Kopf. »Du wirst eine super Mama, obwohl deine Kinder ständig zu spät zur Schule kommen und mit dem Lehrer über den Sinn jeder einzelnen Matheaufgabe diskutieren werden.«

»Es gibt Schlimmeres, als zu versuchen, veraltete Lehrpläne zu korrigieren. Und ich hab' es nicht eilig.« Ich will ihr, der glücklichen Schwangeren nicht sagen, dass ich mir nicht sicher bin, ob ich ein Kind in diese zunehmend komplizierte Welt setzen möchte. Diese Unterhaltung haben wir schon mehrfach geführt. Und Toni vertritt die

Meinung, dass wir mit unseren Kindern ausbügeln müssen, was andere mit ihren falsch machen. Was nicht ganz unlogisch ist. Bis auf die kleine Unsicherheit, dass ich nicht weiß, ob und wie ich alles richtig machen werde. Es ist ja nicht damit getan, dass meine Sprösslinge Pro-Veganismus-Demos organisieren.

Wir spazieren zu viert die Straße hinter ins Tal. Wir leben in Wasserburg glücklicherweise ja auch nicht wie in Bangkok, von Smog keine Spur. Doch hier atmet man bewusst und tief ein, so klar und angenehm ist die Luft.

Wir nähern uns den drei Männern und erkennen sie schließlich: Es sind Simon und zwei seiner Freunde, der schlanke gutgelaunte Freddy und der derbe massige Rudi. Sie grüßen uns, reden jedoch weiter auf Simon ein.

Der Blondschopf Freddy ist mehr oder weniger trostreich unterwegs: »Sie war eine tolle Frau, Simmerl, aber du musst nach vorn schauen. Und ganz ehrlich: Wer weiß, ob sie geblieben wär. Sie hat schon manchmal einen unzufriedenen Eindruck gemacht. Sie ist eben ned der Dorftyp.«

Simon ist offensichtlich schockiert: »Was meinst du damit: ›wenn sie geblieben wär‹? Hat sie gesagt, dass sie mich verlassen will?«

Ich erinnere mich an einen gepackten Koffer in Corinnas Zimmer. Hat Simon den verdrängt? Rudi hilft freundlicherweise bei der Erinnerung und redet Tacheles: »Immerhin hat sie einen Koffer gepackt. Mei, es ist halt ned jeder so ein toller Hecht wie der Freddy, dem die Weiber überall hin nachlaufen.«

Freddy schaut ihn genervt an. »Darum geht es ned, Rudi!«

Simon kann es nicht fassen. »Ja, was hat sie denn nicht von mir gekriegt, die Corinna? Ich hab' ihr jeden Wunsch erfüllt.«

»Na ja, sie wollte mal ins Theater und überhaupt öfter nach München. Und in Urlaub fahren.«

Simon nickt zu Freddys Worten. »Ja, das weiß ich. Aber ins Theater in Minga ist sie mit einer Freundin gegangen.«

Rudi schnaubt, der Freddy stößt ihm den Ellbogen in die Wampn. Was da wohl dahintersteckt? Simon hat nichts gemerkt und redet eifrig weiter: »In Urlaub wär' ich schon noch mit ihr gefahren, nächstes oder übernächstes Jahr. Ich kann ja ned der Mama die ganze Arbeit lassen.«

Freddy schüttelt den Kopf. »Die hat die Babsi, und notfalls hättst halt mal eine Hilfe organisiert. Du kannst ned so eine Frau heiraten und dann tun, als wärs eine Dorftrutschn.«

»Was heißt ›Dorftrutschn‹? Bei uns is so schee, wozu muss ich woanders hinfahren? Bloß weil eine Frau gern daheimbleibt, ist sie doch kein Dorftrampel.« Rudi schwingt sich zum Verfechter der Frauen auf? *Hätte ich ihm gar nicht zugetraut.* Das relativiert sich jedoch gleich wieder.

»Wennst so eine halten willst, die aufs Geld aus ist, musst du ihr was bieten. Entweder eben das Geld oder du rammelst sie so her, dass sie zufrieden ist. Aber des hat ja wohl auch ned geklappt.«

Gut, dass Simon den Rudi jetzt packt, sonst hätte ich es gemacht. Obwohl mich Alex schon festhält, er kennt mich nur zu gut. Allerdings ist Simon nicht sonderlich erfolgreich mit Erziehungsmaßnahmen. Erstens ist er zu nett, um zuzuschlagen, er schüttelt den Rudi praktisch nur, was schwierig ist bei der Figur. Zweitens wirft sich Freddy dazwischen, drittens parkt gerade ein Polizeiwagen neben uns ein.

»Was ist hier los?«, fragt der Beamte, der aussteigt. Ich erkenne den Mann und die Frau wieder, sie haben damals Simon die Nachricht von Corinnas Tod überbracht.

»Nix, der Rudi ist halt manchmal ein bisserl derb«, erklärt der Freddy rasch. Simon hat die Arme sinken lassen und starrt Rudi böse an. Der meint an Freddys Adresse: »Besser derb als hinterfotzig.«

Erstaunlicherweise fragen weder Simon noch Freddy nach. Ob das an der Anwesenheit der Polizei liegt? Die beiden Männer wechseln einen Blick, Simon wirkt unsicher. Freddy mustert ihn ruhig, sagt aber nichts. Was geht da vor?

Die Beamtin räuspert sich und bittet Simon: »Wir müssten mal in Ruhe mit dir reden.«

»Gibt es was Neues?«, fragt Freddy interessiert, doch die beiden Polizisten ignorieren ihn. »Sollen wir ins Vereinsheim gehen?«

Simon nickt. »Ja, da ist grad keiner.«

Er steigt in den Polizeiwagen ein, der bis ans Ende des Tals fährt. Dort sehen wir, wie sie aussteigen und das kleine Holzhaus neben den Fischzuchtbecken betreten.

Rudi schaut Freddy an. »Was werden die wollen?«

»Sicher haben sie neue Erkenntnisse zum Mord«, erwidert Freddy nachdenklich. »Lass uns hinterhergehen. Vielleicht braucht er uns danach.«

Ist er neugierig oder ein guter Freund? Ich bin mir nicht sicher.

»Mei, wahrscheinlich haben's den gefunden, der's mit der Corinna getrieben hat.«

Freddy fragt Rudi energisch: »Bist du sicher, dass sie einen Liebhaber gehabt hat? Weil wenn ned, dann hältst besser dein Maul.«

Jetzt fällt ihnen auf, dass wir vier rumstehen und zuhören.

»Was ist eigentlich mit euch? Wollts ned mal weiter-spazieren?« Der Rudi hat es weder mit Höflichkeit noch mit Zwischentönen. Aber auch Freddy scheint auf Publikum verzichten zu wollen.

Also gehen wir weiter und suchen nach einem anderen Thema. Toni lacht so viel wie schon lange nicht mehr. Man merkt, wie gut es ihr tut, dass keiner über die Hochzeit redet. Nach einer halben Stunde am Bach entlang erreichen wir eine weitere Bank, hier gibt Basti ein Zeichen zur Rast. »Danach kehren wir um, wenn es für euch passt. Ich glaube, das reicht für Toni dann.«

Toni macht auf der Bank ein kleines Nickerchen, die Beine liegen auf mir und Alex, der Kopf auf Bastis Schoß. So genießen wir alle vier die Sonne, die nun über dem Tal steht. Es ist bald Mittag, und wir wollen noch in Rosenheim essen, bevor wir heimfahren.

Toni ist nach zehn Minuten wieder fit, und wir machen uns auf den Rückweg. Der Polizeiwagen ist weg. Simon sitzt vor dem Vereinsheim, den Kopf in die Hände vergraben, seine Schultern zucken. Rudi neben ihm schaut bedropst. Freddy hat Simon die Hand auf die Schulter gelegt und spricht auf ihn ein.

Basti ist jetzt egal, was die beiden dazu sagen. Er kennt Simon durch Kilian ja doch besser als wir anderen drei. Er geht hin und setzt sich neben ihn. »Simon, wie schlimm ist es?«, fragt er mitleidig.

Simon atmet zitternd ein. »Furchtbar. Ich weiß gar ned, was das Schlimmste ist.«

Seine Freunde haben wohl auch nicht mehr erfahren, so sparsam, wie sie dreinschauen. Es dauert einen Moment, bis Simon sich gefasst hat, dann spricht er stockend weiter: »Dass der Mörder Handschuhe getragen hat, war ja recht bald klar. Die Polizei sagt, es waren große Hände, sie gehen von einem Mann aus.«

Oder es war eine große kräftige Frau, denke ich und sehe Babsi vor mir, die Corinna gehasst hat und ihren Simmerl zurückwill.

»Aber ich glaub', das ist nicht das Schlimmste«, fährt Simon leise fort, und Tränen rinnen über seine Wangen. »Sie hatte vor ihrer Ermordung Sex. Einvernehmlich heißt es so schön. Meine Corinna hat einen Liebhaber gehabt. Und der war wahrscheinlich in unserem Ehebett mit ihr.«

Mist! Und da kann er weinen, wie er mag – er ist damit ein Hauptverdächtiger. Freddy denkt das Gleiche.

»Das ist schlimm. Beides! Immerhin hast du ja wenigstens ein Alibi, Simmerl.«

86

Doch der schüttelt den Kopf. »Das ist ihnen ned gut genug.«

Rudi sagt: »Wieso des? Du warst wie der Kilian die ganze Zeit am Weiher beim Vorbereiten.«

»Ich hab' dazwischen Getränke geholt. Sie meinen, wenn ich schnell war, hätt' ich es schaffen können.«

Jetzt sind es sechs Menschen, die den Kopf schütteln. Ich glaube keine Sekunde, dass der Simmerl mal »schnell« zwischen Steckerlfisch und Getränkemarkt heimgefahren ist, um »schnell« die Frau umzubringen, die er so geliebt hat. Wäre es im Affekt aus Eifersucht passiert – da fetzt man sich erst einmal ordentlich. Und das hätten das Reserl und die Gäste gehört. Und auch wenn Erstere sicher ihren Sohn nicht belastet hätte, dann doch die Fremden. Außerdem kostet ein Streit Zeit, und die hatte der Simon nicht – egal wie »schnell« er unterwegs war.

»So ein Schmarrn«, sage ich daher entschieden. Aber jemand muss es getan haben. »Hat deine Frau Feinde gehabt? Weißt du, ob die Polizei andere Verdächtige hat?«

»Sie suchen nach dem ... Liebhaber«, erwidert er gepresst. Das habe ich mir gedacht. Sie gehen also von einer Affäre aus, nicht von etwas Einmaligem. Da will ich jetzt nicht nachhaken, das wäre brutal taktlos.

Der Rudi kennt dagegen keine Gnade: »Ja, hat's doch a Gspusi gehabt, die Corinna? Ein dauerhaftes?«

Der Freddy stöhnt, zu spät, da nutzt kein erneuter Ellbogenrumms.

Simon richtet sich auf und sagt: »Das meint die Polizei. Irgendwer hat so was erzählt. Aber sie sagen mir nicht, von wem das kommt. Und nein – sie wissen ned, wer der Liebhaber war. Falls es einen gegeben hat.«

Er erhebt sich, ein Prackl-Mann, groß und breit. Und wir sehen, dass er zwar immer noch geschockt, jedoch vor allem wütend ist.

»Und jetzt lasst's mir mei Ruh! Ich muss a Beerdigung organisieren.«

Er marschiert zu seinem Auto, das neben einem teuer wirkenden Mountainbike steht, steigt ein, knallt die Tür zu und fährt mit Karacho Richtung Tal.

»Du hast vorhin schon gesagt, dass die Corinna einen Liebhaber gehabt hat«, packe ich mir Rudi. Die Formulierung war drei Nummern derber, aber mei, der Kerl kann nicht anders.

»Gar nix hab' i gsagt. Ich denk es mir halt. Oder glaubt's ihr, dass einer wie der Simmerl, der lahmarschige Gutmensch, so einer wie der Corinna im Bett gereicht hat? Ich ned! Und die wollt halt nimmer auf den Urlaub in zwei Jahren warten.«

»Du redest sie bloß schlecht, weil sie dich hat abblitzen lassen. Und das kotzt mich echt an, Rudi.« Der Freddy spricht zwar ein gemäßigteres Rosenheimer Stadtbairisch, recht viel vornehmer klingt die Wortwahl jedoch nicht.

»Schmarrn, freilich probiert einer wie ich des bei so einer, die jedem schöne Augen macht. Vielleicht sagst du ja nix Schlechtes, weil dich die Corinna ned abblitzen hat lassen, Freddy-Bubi?«

»Ihr schämt euch gar ned, oder?«, mischt sich Basti ein. »Euer Spezi hat genug Probleme, der braucht seine Freunde. Oder seid ihr des gar ned?«

Ich kann mir nicht verkneifen zu erwähnen, was ich in der Bäckerei erfahren habe. Und wenn es nur ist, um den Rudi zu ärgern: »Die Anita aus der Bäckerei hat gesagt, dass du dein Alibi ned rausrückst.«

Rudis Kopf wird rot, und Alex zieht mich neben sich. Vermutlich hat er Angst, dass mich Rudi-Teile treffen, falls der gleich vor Wut platzt.

»Des geht keinen was an. Und was die Anita angeht: Die is a solches Mistviech und weiß ned, wanns stad sei sollt. Bei der müssns die Goschn amal extrig daschlogn.«

Während der Rudi hinter uns weitertobt, gehen wir zum Auto. Alex meint grinsend zu mir: »Das musste jetzt sein, Minnie?«

Toni und Basti lachen, und ich erwidere fröhlich: »Ja, unbedingt. So einen Deppen mit bösem Mundwerk ärgern, die Chance muss man nützen. Und wenn die genauso bösartige Anita in der Bäckerei die Quittung kriegt, umso besser.«

Toni seufzt. »Dann hast du dir zwei Feinde in einem Ort gemacht, in dem vielleicht ein Mörder wohnt.«

Ich hebe die Schultern. »Wer sagt, dass die Corinna, wenn sie aus dem Dorf raus will, sich ausgerechnet einen Liebhaber aus dem Dorf genommen hat? Ich find das unlogisch.«

»Das ist wahr!«, stimmt mir Basti nachdenklich zu.

»Die Polizei müsst mal schauen, was die Corinna so getrieben hat, sobald sie nicht in Oberaudorf war.«

»Aber wär ein Liebhaber, der hier fremd ist, nicht sofort aufgefallen?«, ist der Einwand meines Freundes.

»Falls ihn jemand gesehen hat. Der war vielleicht schon öfter da. Hat das Auto hinten am Wald abgestellt, ist durch den Obstgarten zum Haus und am rückwärtigen Eingang in den langen Flur rein. Das hätten weder die Babsi noch das Reserl mitbekommen.«

»Das wär ganz schön dreist, den Liebhaber ins Haus kommen zu lassen«, sagt Toni verächtlich.

»Einmal war er das sicher, an ihrem Todestag! Das ist völlig klar. Vielleicht finden sie ja DNA-Spuren von dem Kerl.«

Meine Freundin überlegt: »Kann die Polizei nicht einfach von allen Männern in Corinnas Umfeld Speichelproben nehmen und die DNA bestimmen?«

Ich schüttele den Kopf. »Ich glaube nicht, dass das rechtlich in Ordnung ist. Einen kleinen Verdacht muss es dafür schon geben oder die Gefahr bestehen, dass einmalige Beweise sonst verschwinden. Aber findet ihr es nicht interessant, dass der Rudi sein Alibi geheim hält?«

Toni fängt an zu glucksen. »Vielleicht hat er was mit der Anita?«

Danach ist es vorbei mit dem ernsten Thema. *Und das Kopfkino werd ich nicht mehr los: der Schwabbelriese Rudi auf der kleinen runden Anita. Und wie sie sich derbe Liebesworte zuraunen. Nein, die sag ich hier jetzt nicht!*

Natürlich schläft Toni ein, sobald ihr Kopf die Nackenstütze im Auto berührt. Basti kuschelt sich neben sie, während Alex den Berg hinunter und auf die Autobahn fährt und kurz darauf in Rosenheim wieder verlässt.

Toni ist nach dem Power-Nap putzmunter. Wir parken auf der *Loretowiese*, spazieren über den *Max-Josefs-Platz* und schauen in alle Schaufenster. Seltsamerweise klebt die Nase meiner Freundin, die genauso wenig ein Modehäschen ist wie ich, an der Scheibe eines Bekleidungsgeschäfts. Dann meint sie etwas hektisch: »Minnie, Alex, ihr könnt euch doch schnell ein Eis oder einen Kaffee gönnen. Die haben so hübsche Babykleidung. Komm, Basti.«

»Moment, stopp! Seit wann shoppst du mit Basti und nicht mit mir?«, frage ich leicht eingeschnappt. Die beiden grinsen.

»Vielleicht wollen wir Babyklamotten in einer eindeutigen Farbe kaufen, ohne dass es jemand mitbekommt?«, schlägt Basti lachend vor. Nach einem tiefen Seufzer, mit dem ich zeige, wie weh mir diese Geheimnistuerei unserer besten Freunde tut, fragt Alex mit hochgezogenen Augenbrauen: »Ihr wisst schon, dass wir dichthalten können? Damit stellt ihr uns auf eine Stufe mit der Kreuzpointnerin!«

Ja, ihm tut es ebenfalls weh. Jetzt schauen Toni und Basti ein bisschen bedropst aus. »Also, das natürlich nicht, aber ...«, fängt Toni an.

Alex und ich sehen uns an. »Da revanchieren wir uns irgendwann vielleicht mal.«

»Oder auch nicht«, erwidere ich, weil ich mir ja alles andere als sicher bin, was eigenen Nachwuchs angeht.

Basti zögert, dann stupse ich ihn beruhigend an. »Hey, es ist alles in Ordnung. Ihr wollt ein Geheimnis für euch haben – das ist okay. Geht da rein und passt auf, dass sie euch eine undurchsichtige Tasche geben.«

Die beiden lachen erleichtert und ziehen ab. Alex legt den Arm um meine Taille, und wir spazieren zum Eiscafé, wo wir einen sonnigen Platz ergattern. Mein Freund schweigt immer noch.

»Alex, Hase, was ist los?«

Mit einer nachdenklichen Runzel auf der Stirn lässt er mich an seinen Gedanken teilhaben. »Es verändert sich mehr, als dass Basti demnächst abends nicht mehr so leicht mit zum Schafkopfen gehen kann, gell?«

Ich verstehe ihn nur zu gut. So ein Baby braucht seine Eltern mehr als wir, die besten Freunde.

»Ja, ein bisserl kratzt es an der Freundschaftszeit. Vermutlich sogar ziemlich. Doch es hatte sich ja auch schon verändert, als aus Minnie und Toni und Alex und Basti plötzlich Basti und Toni und Alex und Minnie geworden ist.«

»Meine kluge Freundin«, neckt mich Alex und bestellt mir wie gewünscht einen alkoholfreien Spritz und sich einen Espresso.

»Du hast recht, aber trotzdem werden wir künftig andere Dinge miteinander unternehmen, wenn der Zwack stabil genug ist: statt mit dem Rad mit dem Auto zum Baden, am Spielplatz sitzen anstatt im Queens«, seufzt er.

»Du weißt, dass Theresa hundertprozentig eine gute Babysitterin ist. Da würd' ich mir keine Sorgen machen, und wenn ihr schafkopft, leiste ich der Toni Gesellschaft. Warum sollte Basti also nicht hingehen können? Natürlich muss das auch mal umgekehrt klappen, und ihr nehmt den

Zwack. Außerdem gibt es Radanhänger, in die man Babyschalen packen kann, und spätestens nächstes Jahr sitzt der Zwack hinten drauf auf einem Kindersitz.«

Alex mustert mich, er wirkt erstaunt. »Du hast keine Sorge vor der Änderung?«

»Das gehört zum Leben, Alex. Musst halt ein bisserl mehr mit mir vorliebnehmen.«

Er beugt sich zu mir und nimmt mein Gesicht in seine Hände. Dann küsst er mich zärtlich. »Du bist ein wunderbares Trostpflaster, Minnie-Maus.«

»Ein Trostpflaster ...«, fahre ich zornig hoch, und er lacht. »Dich kann man so schön auf die Palme bringen, Liebling.« Der Kuss wird tiefer und zeigt mir, dass ich alles andere als ein Trostpflaster bin.

»Wir könnten Basti und Toni eigentlich ihrem Schicksal überlassen, nachdem sie uns so abserviert haben, und uns irgendwo ein ruhiges Plätzchen suchen, oder?«, fragt er mit blitzenden Augen.

»Die Idee ist gut, aber gemein. Du weißt, dass unsere Hochschwangere in spätestens zwei Stunden wieder eine Autorückbank zum Schlafen braucht.«

»In zwei Stunden könnte man viel Schönes machen. Aber aufgeschoben ist nicht aufgehoben.«

Der durchaus passende Spruch ist mir nicht neu, er hat uns schon viele außergewöhnlich nette Momente beschert.

Alex entschuldigt sich kurz und geht ins Café. Nach ein paar Minuten tritt der junge österreichische Kellner, der uns bedient hat, an den Tisch. Das ist einer dieser Dauerzwinker-Flirter. Er hält eine Schale mit Cashew-Nüssen in der Hand.

»So ganz allein, schöne Frau?« Für die Floskel ist er eigentlich dreißig bis fünfzig Jahre zu jung. Seltsamerweise passt sogar seine Frisur zum Stil eines älteren österreichischen Schauspielers wie Hans Moser. Den kennt die heutige und wahrscheinlich auch die gestrige Generation vermutlich gar nicht mehr. Ich dagegen habe mir diese Schwarzweiß-Filme aus den Dreißigern bis in die sechziger Jahre gern mit Gustls verstorbener Frau Anna angeschaut. Traudl hat sich über die Folgen des Öfteren aufgeregt: »Minnie, dein Bairisch ist wirklich genug an Dialekt, das Wienerische kommt mir nicht ins Haus!«

Die Haare zurückgegelt, ein blitzendes Lächeln auf dem hübschen Gesicht und eben dieses Zwinkern lassen mich antworten: »Sie erinnern mich an einen Schauspieler.«

Er schaut erstaunt, dann wird das Lächeln breiter: »Was für ein Kompliment, junge Dame, an wen denn?«

»An Hans Moser, der hätte sich auch so ausgedrückt – wenn er geflirtet hätte, doch der war ja eher ein Grantler.«

»Hm, Hans Moser, sagt mir nix, aber wenn'S meinen. Möchten Sie einmal meine Nüsslein probieren?«

Würde er mir nicht gerade die Cashews entgegenstrecken, hätte er eine eindeutige Antwort bekommen. Die übernimmt ein zorniger Alex, der eben zurückkehrt, jedoch die Schale nicht sieht.

»Ich glaub', dir geht's zu gut, Bürscherl. Das will meine Freundin ganz sicher nicht!«

Der junge Mann zuckt so zusammen, dass die Cashews einen Luftsprung machen und nicht alle den Weg zurück in die Schale finden. Dann macht er sich mit einer gemurmelten Entschuldigung aus dem Staub. Während ich mich vor Lachen biege, zählt Alex die Bezahlung auf den Cent genau ohne Trinkgeld ab – das gibt er sonst immer großzügig. Dabei murmelt er: »Der hat vorhin schon dauernd mit Stielaugen rüberglurt, der Depp.«

Wir winden uns durch die Tische hindurch, wobei ich eine bekannte Stimme höre und mich umdrehe.

»Freddy, servus.«

Simons Freund sitzt ebenfalls vor einem Spritz, und hätte er nichts gesagt, wäre er mir mit der verspiegelten Sonnenbrille gar nicht aufgefallen. Er erhebt sich, lächelt ein wenig unsicher, dann meint er: »Minnie, Alex, mal weder in Wasserburg noch in Oberaudorf.«

»Ja, wir kehren hier gschwind ein, bevor wir heimfahren«, erkläre ich.

Während sich die beiden Männer begrüßen, mustere ich seine Begleitung. Die schiebt ihre schmale goldene Sonnenbrille mit einem Finger etwas mehr Richtung Nasenspitze und mustert mich gelangweilt von oben bis unten. Ja, in meiner Jeans und dem Top komme ich nicht gegen das edel wirkende Leinenkostüm an. Die schönen, durchtrainierten Beine hat sie übergeschlagen. Ihre roten High Heels passen zu Nagellack, Lippenstift und dem roten Schal, den sie elegant um ihr blondgesträhntes Haar geschlungen hat. Sie ist etwa vierzig, schätze ich, und damit ein gutes Stück älter als unser junger Sportverkäufer. »Servus«, wiederhole ich mit voller Absicht lässig und starte die Flucht nach vorn. *Die Dame hat ihre Minnie-Einstufung bereits vollzogen, dann gebe ich ihr doch gerne recht.*

»Guten Tag«, kommt kühl zurück. Auffordernd blicke ich zu Freddy, der weiß, was ich will. »Äh, das ist eine Bekannte, die gerade zu Besuch ist: Viola, darf ich dir Alex und Minnie vorstellen, sie sind mit einem Freund von mir befreundet und derzeit öfter in Oberaudorf.« Dass er die Nachnamen weglässt, finde seltsam, es passt nicht zu dieser unnahbaren Dame. Ich kann mir nicht vorstellen, dass sie sonst bei fremden jüngeren Leuten mit dem Vornamen auftritt.

»Sehr erfreut«, erwidern wir alle zur gleichen Zeit und sicher ebenso gleich gelogen.

Eine unangenehme Pause entsteht – für Freddy. Ich habe mit solchen Pausen überhaupt kein Problem, ganz im Gegenteil: Ich liebe es, wenn die Leute anfangen zu schwitzen und zwanghaft zu reden beginnen. Meist über etwas, was sie gar nicht sagen wollten oder sollten. Freddy macht da keine Ausnahme und fängt an zu schwafeln. Zumindest ist er so selbstsicher, dass ihm kein Schweiß auf der Stirn steht. Dafür erkenne ich eine Spur Unsicherheit in seinen Augen, nachdem ich die – statt meines Spiegelbilds – sehe, weil er endlich die Brille hochgeschoben hat.

»Viola ist gerade zu Besuch da, was mich sehr freut. Und da haben wir uns gedacht, ich zeige ihr Rosenheim mal. Weil in Oberaudorf gibt es ja nicht viel zu sehen.«

»Außer die schönen Berge«, erwidere ich freundlich lächelnd.

»Auf solchen bin ich oft genug beim Bouldern«, sagt der Vamp im Leinenkleid gelangweilt, und ich überlege, wie Bouldern mit diesen Nägeln funktioniert. Sie sieht meinen

kritischen Blick auf den roten Lack und fügt wichtig-
tuerisch hinzu. »Leider lässt mir mein Job nicht immer die
Zeit dafür.«

»Was machen Sie denn beruflich?«, frage ich
unverblümt, was Freddy zusammenzucken lässt wie vorhin
den Kellner. Glücklicherweise hält er nichts in den
Händen.

»Ich leite das Management einer großen Firma«, ist die
Antwort, die eigentlich nichts erklärt, außer eben, dass sie
Madam Wichtig ist, was ja schon zuvor klar war. Ihr Ton
sagt: »Und mehr erfährst du nicht!«

Freddy lächelt höflich vor sich hin, was Alex dazu bringt,
sich zu verabschieden.

»Ah, da sind ja auch Toni und Basti. Ja, dann gehen wir
mal Richtung Restaurant. Euch noch ein schönes
Wochenende und gute Erholung vom Management.«

Er legt mir eine Hand ins Kreuz und schiebt mich mit
Nachdruck hinaus auf den Josefs-Platz. »Nein, Minnie,
nein! Du bohrst nicht weiter.«

Ich kichere vor mich hin, was unsere Freunde natürlich
bemerken.

»Was ist los?«

»Wir hatten eben zwei Begegnungen der spaßigen Art:
Hans Moser und das ›Management‹.«

»Ich fand beide nicht lustig«, muffelt mein Freund, was
mich nicht gerade ernst werden lässt. Schließlich lenkt er
ab, indem er unsere Freunde auf die riesige, prall gefüllte
und undurchsichtige Stofftasche anspricht, die Basti trägt.

»Ja, wir haben viele hübsche Sachen in vielen hübschen
Farben gefunden«, meint Basti lächelnd.

»Und jetzt habe ich Hunger«, erwähnt seine Zukünftige – *völlig überraschend*, woraufhin wir uns auf den Weg in den gemütlichen Biergarten der Tante Paula machen.

In Wasserburg geht es in den nächsten Tagen mit meinem Verfolgungswahn weiter, und – lacht nicht – ich versuche, meinem Karma zu entgehen.

Der Angler läuft mir immer wieder über den Weg, und jedes Mal kommt etwas dazwischen, oder ich bin zu weit entfernt, um ihn anzusprechen. Da, wo ich ihn gerade eben nicht mehr erwische, wartet dafür ein Märtyrer auf mich. *Ist es ein Zeichen von oben? Oder ist der Angler nicht real, sondern die Verkörperung einer höheren Macht? Was will mir das Schicksal damit sagen? Dass ich bald an der Reihe bin?* Denn der eine oder andere gefährliche »Zufall« trägt sich zu. Neulich hätte mich einer beinahe über den Haufen gefahren, weil ich auf die Straße gesaust bin, als gegenüber der Socken- und Dätschimann vorbeigeradelt ist.

· Wie ich keuchend und frustriert aufschaue, bemerke ich an der Hauswand in der Tränkgasse ein Bild vom pfeilgespickten Sebastian. Daneben kämpft Florian heldenhaft mit einem kleinen Kännchen gegen die Flammen, die aus einem Bauernhaus schlagen.

In der Ledererzeile sehe ich den Angler dann einen Tag später wieder. Er scheint mich zu beobachten, steht hinter einem der noch kahlen Bäume zwischen den Parkbuchten. Als er bemerkt, dass er mir aufgefallen ist, steigt er in ein Auto mit Rosenheimer Kennzeichen. Er könnte also sowohl von hier als auch aus Rosenheim oder Oberaudorf sein. Die Zahlen habe ich nicht erkannt, daher brauche ich Gerhard, meinen »Insider« bei Gustls Ex-Kollegen, nicht belästigen. *Normalerweise kommst du aus einer Parklücke in der Ledererzeile nicht so einfach raus. Er schafft es natürlich im ersten Rutsch, es ist keine Autoschlange da, die ihn daran hindern könnte. Hauptsache, er ist schneller weg, als ich da bin. Allmählich überlege ich, ob der Kerl etwas mit dem Fall zu tun haben könnte. Aber warum sollte er mich beschatten?*

Bei dieser Gelegenheit werfe ich einen Blick auf den Engel oberhalb des Wasserburger Kramerladls. »Du könntest mal ein bisserl auf mich schauen«, murre ich leise, was einen Touristen mit Kamera auf den Himmelsboten mit Scheyrerkreuz aufmerksam macht.

»Tschuldigung, kennen Sie sich hier aus?«, fragt er mich, bevor ich mich davonmachen kann.

»Etwas«, erwidere ich höflich. Ich mache gerne Führungen und halte auch mal einen kleinen Ratsch mit den Gästen der Stadt.

»Was bedeutet denn die Malerei dort am Haus?«

»Das sind Innschiffer. Der Inn war ja ein wichtiger Transportweg.«

»Und was haben die so transportiert?«

»Mei, je nach Zeit alles – von Getreide, Wein, Holz bis zu teuren Stoffen oder Gewürzen aus fernen Ländern, sogar Elefanten wurden hier ausgeladen und an den Hof nach München geschafft.«

»Und warum schwebt der Nikolaus über denen?«

»Der Nikolaus ist der Schutzpatron der Seefahrer und Schiffer.«

Anschließend verweise ich ihn auf die vielen Führungen, die es in Wasserburg gibt, und erkläre ihm den Weg zur Tourist-Info. Auch wenn mir mein Wild wieder mal entwischt ist, habe ich doch noch etwas zu tun. Das Annamirl wartet auf getöpferten Nachschub für ihren Deko-Laden, den ich ihr versprochen habe. Ich kehre in meine Werkstatt zurück, packe die neuesten Werke schön gepolstert in meinen Bollerwagen und begebe mich auf den Weg in die Färbergasse.

Dort jammere ich meiner Freundin von dem Angler und all den Märtyrern vor. Die grinst und meint dazu nur: »Du bist eben nach deiner Heimatmuseums-Führung aufmerksamer. Deswegen fallen dir jedes Symbol und jede Zeichnung gerade mehr auf.«

»Und dass mir dauernd der Angler aus Oberaudorf über den Weg läuft und ich ihn nie erwische? Findest du das auch normal?«

»Vielleicht warst du schon mal schneller, Minnie?«, neckt sie mich, während sie schmunzelnd die Fische betrachtet, die ich als Übung für Theos Auftrag gemacht habe. Die haben ein handliches Format und lustige Farben – also nix mystischer Wels oder gefährlicher Hecht. Einer hat übrigens ein Gebiss mit Zahnlücken, was sehr niedlich aussieht.

»Ja, wahrscheinlich hast du recht. Das liegt sicher daran, dass ich mit Gustl zur Krankengymnastik fahre. Dann schleichen wir in die Praxis und wieder nach Hause. Offensichtlich habe ich mich an das Schneckentempo gewöhnt.«

»Mag die Traudl ihn nimmer fahren?«

Ich bin etwas abgelenkt von einem gefilzten Brucktor und vogelwild-bunt gestrickten Fischen, Quallen und Oktopussen.

»Hm, was man nicht alles stricken kann«, sage ich grinsend und sie antwortet: »Oder töpfern. Was ist mit der Traudl?«

»Meine Mutter sagt, sie fühlt sich nicht wertgeschätzt. Und sie ist auf mich sauer, weil ich den Gustl übernommen habe. Eigentlich soll sie froh sein, sonst steht bei dem die Loibl Martha auf der Matte. Die wartet ja nur drauf, dass der Gustl seinen Blick von der Traudl wieder auf andere Frauen richtet.«

»Puh, da würd' ich mich nicht einmischen wollen. Ich hab' ein bisserl Angst vor deiner Mutter.«

Das verstehe ich, dabei ist sie geradezu sanft gegenüber noch vor zwei Jahren. Der eisblaue Blick ist manchmal beinahe verträumt. Dann heißt es allerdings für mich verschwinden, weil das Thema Enkel aufs Tapet kommt. Seit Toni schwanger ist, versucht sie es mit allen Mitteln und mobilisiert sogar Alex' Mutter am Gardasee.

Gern kommen solche Sätze: »Mei schau, wie schön das wäre, wenn deine und Tonis Kinder miteinander spielen könnten. So wie ihr früher.« Die Wehmütige-Mutter-Masche kann sie sich aber bei mir sparen, denn damals hatte sie nie Zeit für mich. Da ist sie lieber mit dem Ex nach Venedig oder an den Lago Maggiore, und ich war derweil beim Gustl und seiner Anna.

Ich probiere es dann mit Logik. »Die Toni hol' ich nimmer ein, Traudl. So schnell ist nicht mal der effiziente Alex.«

»Arminia!«, ermahnt sie mich.

Alex ist zurzeit sowieso gestresst, unter anderem von meiner Mutter. Oft ist er das nicht, weil die Traudl es meist versucht, wenn ich mit ihr allein bin. Doch diesmal hat er ein grantiges Machtwort gesprochen.

»Traudl, die Minnie und ich entscheiden das, ob und wann wir heiraten oder Nachwuchs bekommen. Und lass bitte meine Eltern aus dem Spiel.«

Außerdem ist er angeblich unglaublich mit dem Junggesellenabschied belastet, allerdings kann ich es nicht nachvollziehen.

»Womit denn genau belastet? Du hast weder die Kati-Oma noch die Brautschwesterzilla in deinem Team«, beschwere ich mich über sein Gejammer. Er wirft hilfesuchend die Hände und den Blick in Richtung Decke, erbittet quasi die göttliche Gnade.

»Ich muss aufpassen, dass sich keiner verquatscht, was ich vorhabe. Der Basti denkt, wir schafkopfen nur.«

»Ja, das ist hart – schauen, dass ein paar Männer dichthalten«, kann ich mir nicht verkneifen, was mir ein grantiges Gschau einbringt.

»Was habt ihr vor?«, frage ich neugierig, und ich kriege meine Antwort. Denn dass ich dichthalten kann, weiß mein Hase.

Alex und Basti, das ist wie Toni und ich. Ja, wir sind zwei Freundschafts-Dreamteams, die sich überkreuz gefunden haben. Und wäre das nicht passiert, wären wir eben in der bisherigen Konstellation glücklich geworden, da sind sich Toni und ich sicher. Die beiden Männer eher weniger.

Trotzdem hat Alex auch eine kleine gemeine Ader. Also plant er sehr wohl mehr als einen Schafkopf-Abend.

»Er ist ja nicht schwanger und darf auf der Straße gequält werden. Wir lassen ihn als notorischen Nörgler auf Passanten los. Die muss er ständig auf ihr Fehlverhalten anquatschen, superpingelig natürlich. Höflich darauf aufmerksam machen, sobald einer zu laut redet oder telefoniert, nicht über den Zebrastreifen geht, beim Gehen ins Handy schaut oder anderen die Tür nicht aufhält. Sowas eben. Und wenn die Leute mitmachen und sich bessern, gibt es Punkte.«

»Und falls er stattdessen eins auf die Nase bekommt? Bei den Menschen heute muss man schon aufpassen, da ist nicht jeder kritikfähig«, meine ich besorgt. Trotzdem ist es lustig, denn gerade Basti ist einer, der immer eine Entschuldigung für das Fehlverhalten anderer findet. *Der Sozi halt – voller Verständnis für alles und jeden Schmarrn, den einer verzapft – da toppt er mich bei Weitem.*

»Wir lassen ihn nie allein, außerdem ist er als Bräutigam gekennzeichnet. Und später nehmen wir nach ein paar Whiskys ein Lied für Toni auf und spielen es ihr am Hochzeitsabend vor«, beruhigt mich Alex. Ob ihm klar ist, dass es eine Retourkutsche gibt, sollten wir je heiraten? Ich überlege, ob wir bei Tonis Party, wenn wir Karaoke singen, vielleicht ebenfalls was für Basti aufnehmen können.

Alex' Laune wird leider nur geringfügig besser. Er erklärt mir etwas zur Steuererklärung. Ich hasse das, aber als Selbstständige habe ich keine Wahl. Ich muss Belege sammeln und auflisten und Kilometer aufschreiben –

wobei sich vieles nie rentiert, weil ich unter irgendwelche Pausch-Beiträge falle.

»Minnie, das hab' ich dir doch eben gesagt«, raunzt er mich an.

»Immerhin koche ich nebenbei auch dein Abendessen, da wird ja wohl mal drin sein, dass ich geistig abdrifte«, gifte ich zurück, während ich die Bratkartoffeln umdrehe. *Es ist sehr wichtig, dass ich geistig bei den Bratkartoffeln bleibe. Ja, es ist eine schlechte Ausrede. Ich hätte so gerne, dass Alex meine Steuererklärung übernimmt – einfach aus Liebe. Ist das zu viel verlangt?*

Und wie kommt er eigentlich dazu, mir Vorwürfe zu machen?

»Außerdem erkläre ich dir so oft etwas mehrfach, weil du nicht zuhörst! Ständig zwei-, drei-, vier- oder fünffach. Denk nur an die Krimis, wenn du dir keine Personennamen merken kannst, weil du ständig quasselst.«

»Vermutlich wäre sexfach die sichere Lösung, das könnte ich mir merken.«

Bei diesem Vorschlag starre ich ihn an und hebe drohend den Pfannenwender.

»Das ist nicht dein Ernst, Alex, oder? Das war der schlechteste aller schlechten Witze, die du je verbrochen hast.«

Er schämt sich kein bisschen und küsst mich stattdessen, während er zur Sicherheit die Waffe in meiner Hand festhält.

Später sitzen wir vor dem Fernseher und schauen »High Seas« an, eine Serie, die auf einem Passagierschiff in der Nachkriegszeit spielt. Wir finden sie beide gut gemacht und spannend. Als ich gekühlten Weißwein in Gläser fülle und nach nebenan auf den Couchtisch trage, nervt mein Klugscheißer erneut.

»Minnie, bitte fass das Glas am Stiel an, nicht mit der ganzen Hand um den Kelch. So wird der Wein bestimmt um zwei Grad wärmer.«

»Zwei Grad? Von der Küche über diese acht Meter bis hierher?«

»Es sind vermutlich fast zehn Meter.«

Ich schaue ihn fassungslos an. Er grinst. »Das ist aber schon dramatisch, weil du so heiß bist, Minnie.«

In meinem Schlabberpulli, der Leggins und dem Wuscheldutt?

»Du kannst nicht jeden schlechten Kalauer und jede kleinkarierte Pingeligkeit mit einem Pseudokompliment wegreden, Alex. Ich würde vorschlagen, du übernimmst die Rolle von Basti in der Fußgängerzone. Du hast dabei sogar Spaß und kannst so tun, als wäre es gar nicht dein sehnlichster Wunsch, jemanden zu verbessern.«

Ich bin jetzt ernst, mein Humor liegt noch unter den Belegen für die Steuer begraben. *Der Himmel weiß, ob ich ihn da je wiederfinde.*

Manchmal nervt mich Alex bei aller Liebe wirklich. Nicht auszudenken, wie er unsere Kinder traumatisieren würde durch die ständige Kritik. Die wären ja vermutlich ähnlich unvollkommen wie ich. Als ich ihm das sage, ist er kurz still. Dann seufzt er und zieht mich an sich. »Okay, heute war es vielleicht ein bisserl viel Gemecker.«

Als ich erwähne, wie traumatisiert ich gerade bin, erklärt er sich dann doch bereit, die Steuererklärung zu vollenden.

Schuppen und Voodoo

Die Objekte in meiner Werkstatt passen zurzeit themenmäßig nicht wirklich zusammen. Auf dem Tisch zwischen den »rohen« Fischen liegen Rosenblätter und ein kleines Ehepaar, die auf die Hochzeitstorte kommen. Toni lächelt, als sie die Figuren in die Hand nimmt. Dann betrachtet sie die Rosenblätter. »Danke, Minnie, dass sie weder rosa noch blau sind«, sagt sie und umarmt mich glücklich.

»Ich weiß doch, wie sehr du apricotfarbene Rosen liebst. Warum rosa oder blau?«, erkundige ich mich verwirrt.

»Ich kann die Frage nach der Farbe von Babygeschenken nicht mehr hören! Nicht vorzustellen, wie einfarbig es bei uns aussehen würde, wenn alle wüssten, ob es ein Knirps oder eine Knirpsin wird.«

Toni und Basti halten weiterhin dicht, was das Geschlecht des Nachwuchses angeht. Das treibt Tonis Familie – also die Kati-Oma, Marlene und so fünf bis zehn Tanten – zum Wahnsinn. Alex findet es amüsant, obwohl alles, was um Toni und Basti herum geschieht, mich mehr denn je gegen das Heiraten einnimmt, dem er ja grundsätzlich nicht ablehnend gegenübersteht. Wir könnten uns natürlich für ein Ja-Wort einfach aus dem Staub machen. Richtung einsamer Strand mit freier Trauung. Mich stört schon allein die Tatsache, dass ich über eine eventuelle Heirat sinniere, nur weil der Hundshammer-Clan so spinnt.

»Die sollen lieber über einen vernünftigen Namen nachdenken und euch Tipps geben, damit es keine Arminia wird«, wettere ich, was Toni und Basti zum Kichern bringt.

»Tante Burgi hat uns ein altes Babybuch mit Vornamen gegeben, das haben wir durchgeblättert, bis nachts um halb zwei. Ich hab' fast Wehen gekriegt vor Lachen. Aber nun haben wir den Gewinner, und nur ihr erfahrt es.«

Gespannt sehen wir der Erleuchtung entgegen.

Die zukünftigen Eltern schauen sich an und sagen zeitgleich in feierlichem Ton: »Erdmute.«

Alex und ich warten noch auf den Namen, denn das wird er ja nicht gewesen sein. »Ja, was jetzt?«, hake ich nach.

Basti erklärt ernst: »Erdmute ist ein alter deutscher Name. Es bedeutet ›der Erde zugewandt‹. Und das unterstreicht unsere Einstellung zum Naturschutz.«

Dann prusten die beiden los. *Ich kann leider nicht anders und muss eine Schwangere mit einem Plüschmarienkäfer verhauen.*

Am Nachmittag klopft es an der Tür, die den Laden von meiner Werkstatt trennt. Kilian steckt den Kopf herein.

»Servus beinand. Habt's ein bisserl Zeit?«

Ich nicke. »Klar. Komm rein.«

Da sehe ich, dass er Simon im Gepäck hat. Da vergeht sogar Toni das Lachen, denn der Arme kommt wohl seit einigen Nächten ohne Schlaf aus. In seinem Gesicht wuchert etwas, das wie das Unterholz auf der Kapuzinerinsel ausschaut. *Das ist jetzt gemein, aber ihr wisst ja, wie sehr ich ungepflegte Bärte dick habe.*

Ich drücke den beiden ein Bier in die Hand. Irgendwas stimmt nicht. Zusätzlich zum Umstand der ermordeten Ehefrau.

»Was ist los, Simon?«

»Ich trau keinem mehr«, erwidert der müde und dreht die Bierflasche in seinen zittrigen Händen. »Nicht mal mehr der Babsi.«

»Warum das?«

»Zuerst schwört meine Mutter, dass die Babsi bei ihr war. Das haben die Gäste widerlegt, die haben sie nämlich nicht gesehen. Und dann behauptet Babsi, dass sie ein Alibi hat, sagt aber ned, wo sie war. Die Polizei weiß es und rückt ned damit raus. Es wär persönlich. Ich glaub', die Babsi hat auch ein Gspusi. Die Welt ist so schlecht!«

»Na ja, die Babsi dürfte eins haben, oder?«, erwidere ich etwas streng. Immerhin hat ja er eine andere geheiratet, da braucht er nicht eifern. Was heißt da »die Welt ist so schlecht«? Er schaut mich nicht an, nickt jedoch bedropst.

»Und wie kann ich dir helfen?«, erkundige ich mich unsicher. Irgendeinen Grund wird es ja haben, dass er hier auftaucht.

»Sie hat morgen irgendeinen Termin in Wasserburg und wollte zu dir. Bitte red mit ihr.«

»Wieso zu mir? Sie kennt mich fast nicht.«

»Sie will mit einem ehrlichen Menschen reden, der neutral ist, hat sie zu meiner Mutter gesagt.«

Er wirkt ein bisschen beleidigt, dass er nicht gefragt wurde, aber auch besorgt.

»Und was soll ich ihr sagen, Simon?«

Er seufzt. »Weiß ned. Es tut mir alles so leid. Ich hätt' bei ihr bleiben sollen. Wenn die Corinna ned so …«

»Ned so was?«

Warum frage ich? Will ich wirklich wissen, was er nicht sagt? Vermutlich »sexy«.

»Wir haben uns beim Steuerberater in Rosenheim kennengelernt und geratscht. Und auf einmal ist sie bei mir im Büro aufgetaucht. Sie hat meinen Job wichtig gefunden. Und sie war so hübsch«, kommt es leise hinterher.

»Sie wollte, dass du den Hof verkaufst«, sagt Kilian schonungslos, und ich verschlucke mich fast an der Schorle. Simon geht in den Corinna-Verteidigungs-Modus über.

»Mei, sie hat gsagt, wir hacksen uns mit der Arbeit bloß auf, für wenig Geld.«

»Na ja, so anstrengend ist Bettenüberziehen und Frühstückmachen ned, und bei dem Ausblick könnt ihr doch einiges verlangen«, meine ich ruhig.

»Ja, freilich, wie man es halt sieht. Aber sie wollte mit mir in die Welt raus. Wir zwei auf Hawaii und in Kalifornien. Dabei bin ich noch nie geflogen.«

Begeistert klingt er nicht, wie er das sagt. *So ein Heimatgewächs wie den Simon über den Weißwurst-äquator zu bringen, ist schon schwer – und dann erst über den Atlantik.*

»Simon, entschuldige die Frage: Habt ihr einen Ehevertrag gemacht?« Dieser Gedanke macht mir ein bisschen Angst. Eine Glücksritterin und der alles andere als taffe Simon. Sein schmerzerfüllter Blick sagt mir, dass er über das Thema nachgedacht hat. Leider nicht nur gedacht. Was er erzählt, lässt mich den Kopf schütteln.

»Ja, sie hat vor der Hochzeit auf einer Sicherheit bestanden. Falls ich doch zur Babsi zurück will. Und ich hab' unterschrieben, weil ich ihr zeigen wollt, wie sehr ich sie liebe.«

Kilian bringt etwas Tempo in die zähflüssige Unterhaltung. Er ist eindeutig genervt von der Arglosigkeit seines Freundes.

»Sie hat 100.000 Euro ausgehandelt für alle Varianten. Selbst wenn sie sich getrennt hätt', hättst du verkaufen müssen. Du hättst sie ned auszahlen können.«

»Mei, es wär schon irgendwie gegangen. Nie hätt' ich den Hof verkauft.«

Mir wird jetzt einiges klar. »Deswegen ist die Polizei so hinter Simons Alibi her? Sie denken, die Corinna wollte ihn verlassen und sich auszahlen lassen? Und er wollte das auf jeden Fall verhindern?«

Beide Männer nicken.

»Und ich hab' Angst, dass die Babsi was Dummes gemacht hat«, fügt Simon leise hinzu.

»Ich red' mit ihr, wenn sie kommt«, verspreche ich.

Als alle weg sind, packe ich mein Telefon und klemme mich hinter den Gustl. Der soll rausfinden, ob das stimmt, was der Simon erzählt. Ich traue auch keinem mehr, und ich muss nachdenken. Das kann ich am besten beim Spazierengehen oder Töpfern. Aber nachdem mein Hund nicht auf mich gewartet hat, sondern schon allein in Wasserburg unterwegs ist, und mich der Hecht aus faden Augen vorwurfsvoll anstarrt, mache ich mich an die Arbeit.

Mit einem Gipsstempel verpasse ich dem Körper, an dem bereits die Flossen kleben, jede Menge Schuppen. Die bekommen eine silbergraue Engobe-Schicht aufgemalt, mit leichten Schattierungen. Dann bemale ich die Zähne. Als der Raubfisch seine gefährliche Ausstrahlung durch Pinselnacharbeit erhalten hat, befördere ich die Fische sehr vorsichtig auf ihre Brennplatten in die Öfen. Nichts darf abbrechen oder sich ablösen. Da bleiben Wels und Hecht jetzt zehn Stunden. Ausschlafen geht also morgen nicht.

Als letzte Aktion des Tages räume ich die Werkstatt etwas auf: Ton- und Farbreste verstauen, zusammenkehren, Tisch abwischen, die Zeichnungen für meine nächsten Projekte holen. Und während der ganzen Zeit drehen sich die Gedanken in meinem Kopf.

Ich setze mich an den Tisch und trinke nachdenklich meine Schorle aus. Was wird mir die Babsi bei ihrem

Besuch morgen als Ausrede servieren, um ihr Alibi zu verschweigen?

Aber es kommt anders, denn sie weiht mich ein und verpflichtet mich zum Schweigen. Ich war schon sehr früh in der Werkstatt und habe die Öfen ausgeschaltet, damit die gebrannten Fische allmählich abkühlen können. Nach einem schnellen Frühstück mit Alex in der Wohnung bin ich gerade wieder unten, als Theo den runden Kopf durch die Türöffnung steckt. »Besuch für dich, Minnie! Wie geht's meinen Fischerln?«

»Das sag ich dir, wenn ich sie raushole. Bis jetzt ist nix explodiert.«

»Bin scho gspannt«, meint er und die Monobraue zuckt über dem lustigen Gesicht. Dann lässt er die Babsi vorbei, die einen Moment zögert. Ich sehe ihr die Unsicherheit an.

»Komm rein, Babsi. Schön, dass du gekommen bist. Magst einen Tee oder Kaffee?«

Beim Kaffee aus zwei Tassen in Schiffsform erzählt sie zunächst von den Gästen, deren Anreise die Polizei endlich genehmigt hat. Sie ist eine hübsche Frau, nicht der zarte Elfentyp, aber gut gebaut – so wie es die meisten Männer ja mögen. *Ihr wisst schon, Holz vor der Hüttn, gebärfreudiges Becken und auch hinten ordentlich was dran.* Das ist *nicht* meine Formulierung, sondern die allgegenwärtige Beschreibung durch urbayerische Mannsbilder. Ob sich die charmante Beschreibung je ändert? Andererseits zeigt sie netterweise, dass Frauen mit einer »normalen« Figur durchaus Chancen haben.

»Hast du eigentlich einen Freund?«, frage ich dementsprechend neugierig. Die Frau, die laut der Oberaudorfer Zwiderwurzn in der Pole-Position bei Simons Mutter steht, schüttelt den Kopf. »Mei, es hätten sich schon welche interessiert. Aber die können meinem Simon halt nicht das Wasser reichen.«

Ihr Simon, der nicht ihr Simon ist. Babsis Hände sind groß und kräftig. Die Kraft hätte sie vermutlich, eine zartere Frau zu erwürgen. Und das Motiv. Und die Wut!

»Du liebst ihn immer noch?«

Sie nickt. »Was soll ich machen? Das ist so seit der fünften Klasse. So lange sind wir zusammen. Also waren. Bis er die Corinna getroffen hat.«

Die blonden Haare hat sie zu einem Zopf geflochten, was ihr gut steht. Die blauen Augen blicken traurig.

»Das war sicher ein Schock für dich.«

»Ich hab' es ned kommen sehen. Wir waren doch glücklich. Es ging so schnell. Er hat Schluss gemacht, und drei Tag später ist sie mit Sack und Pack bei ihm eingezogen. Drei Wochen danach haben sie geheiratet, mit Mords-Tamtam. Ihren Job hat sie gekündigt. Am Anfang hat sie noch mitgeholfen, hauptsächlich mit den Gästen gschaftlt und glacht. Als das Reserl dann wollt, dass sie mal den Schrubber in die Hand nimmt oder abspült und kocht, fing die Streiterei an. Und der Simon hat mich gebeten, wieder zu kommen und seiner Mutter zu helfen.«

»Eine blöde Situation. Wie war die Stimmung im Haus?«

»Furchtbar. Am Ende vom Jahr hat sie behauptet, sie wäre schwanger. War sie nicht, aber sie hat halt nicht mehr mithelfen müssen. Hat nur im Schlafzimmer ferngschaut, ist in der Gegend rumgegondelt und hat Simons Geld ausgegeben.«

»Das ist beim Reserl sicher nicht gut angekommen?«, vermute ich. Babsi lacht, es klingt bitter.

»Das Reserl ist bis zur Entbindung vom Simon damals auf der Wiesn gstanden und hat Heu grecht. Und zwei Tag nach der Geburt hat sie das wieder gemacht. Mit dem Bub auf dem Rücken.«

Also hat Corinna sicher die volle Breitseite an schwiegermütterlichem Unwillen abbekommen.

»Was kann ich denn für dich tun, Babsi?«

Sie seufzt schwer. »Mir raten, Minnie, was ich tun soll. Der Simon schaut mich immer so an, als hätt' ich die Corinna umgebracht. Aber ich war es ned, und ich hab' ein Alibi. Ich mag es ihm nur ned verraten.«

Ich warte ab, dann kommt es zögernd und haut mich beinahe aus meinen Flipflops.

»Ich war bei deiner Mutter und wollte wissen, was die Sterne sagen. Ob ich eine Chance hab, dass der Simon zu mir zurückkommt.«

»Wie bist du auf die Traudl gekommen?«, frage ich perplex.

»Durch den Theo, der hat das mal dem Kilian erzählt, als ich danebengestanden bin.«

»Hat sich der Theo auch ein Horoskop geholt?«

Das würde mein Weltverständnis erschüttern, wenn ein Theo Wallner, seines Zeichens Fischfanatiker, bei der Traudl vor den Karten sitzt. Der schaut sich vielleicht die Wettervorhersage an, bevor er Nachwuchs in die Becken einsetzt. Andererseits schwört er auf den 100-jährigen Kalender. Den Mondkalender bezeichnet er dagegen als »abergläubischen Esoterik-Schmarrn«.

Babsi lacht trotz ihrer Traurigkeit beinahe Tränen über meine Frage. *Freut mich, dass ich helfen konnte.* »Der Theo? Nie im Leben. Er hat es halt erzählt, und dann haben sie recht glacht, die Männer.«

Ich grinse. »Versteh ich gut. Immerhin passt es wohl für die Traudl und viele andere. Und was haben die Planeten zum Simon und dir gemeint?«

Sie wird ernst, ihre Augen glänzen.

»Dass er bald einsehen wird, dass die Corinna nichts für ihn ist. Die Traudl hat nicht gesagt, dass er zu mir zurückkommt, aber dass die Ehe nicht hält, da war sie sicher.«

Zu der Folgerung brauche ich kein Horoskop. Wobei ... alternativ hätte der Simon natürlich alles hinwerfen können, den Hof verkaufen und mit der Corinna um die Welt ziehen. Möglich ist es, nur eben nicht allzu wahrscheinlich.

»Da war sie ja sehr treffsicher, noch am gleichen Tag hat es geklappt«, murmele ich.

»Eigentlich genau zu dem Moment, als ich bei ihr war«, Babsi schluckt betreten, »das verzeiht mir der Simon nie.«

»Dass seine Frau in dem Moment ermordet wird, in dem du nach deinen Chancen bei ihm fragst?«

Sie hat nicht unrecht. Ein totaler Depp könnte es so deuten, dass sich die Babsi Corinnas Tod gewünscht hätte.

»Ich verstehe, was du meinst. Aber so blöd wird der Simon ja wohl nicht sein! Er soll froh sein, dass du ihn nach wie vor liebst.«

Das muss man erst mal schaffen, wenn man so fallen gelassen wurde.

»Du glaubst, ich kann es ihm sagen?«

Puh, schwierig, ich denke scharf nach.

»Du wirst nicht drumrum kommen, vermute ich. Denn aktuell hat er Schiss, dass du was mit dem Mord zu tun hast, weil du mit dem Alibi nicht rausrückst.«

Sie reißt ihre Augen erschrocken auf.

»Siehst du! Genau das ist meine Befürchtung.«

»Ja, aber du hast ja nix damit zu tun! Du hast ihn halt nicht vergessen können, obwohl er so gschert mit dir war. Er darf ruhig ein bisserl ein schlechtes Gewissen bekommen. Und jetzt wolltest du wissen, ob du ihn besser ganz vergessen sollst und wie du dich von der Liebe zu ihm lösen kannst, deshalb bist du zur Traudl gegangen!«

»Das stimmt ja auch. Ich bin ja ned hin, um irgendeinen Voodoo-Zauber über die Corinna zu legen.«

Ich muss lachen. Doch ich werde ernst, als ich überlege, ob die Traudl das als Nebenerwerbszweig aufnehmen würde, wenn Nachfrage besteht: Nadel in kleine Püppchen stechen, an denen die Haarsträhne einer verhassten Person klebt. In einigen afrikanischen Staaten sowie in Hawaii und Louisiana gibt es den Voodoo-Kult nach wie vor, teils als sogar positive Religion, sonst oft als Geldmacherei für Touristen. In 2022 gab es in Bielefeld – ja, Deutschland – ein Ritual auf einem Friedhof mit einem geköpften Hahn.

Die Leute – ich sag es euch – manchmal kann ich mich nicht genug wundern und gruseln.

»Eben, verkauf es ihm so, dann wird er schon begreifen, dass du ihr nicht den Tod gewünscht hast. Dir geht es ja um die Liebe.«

Eine erleichterte Babsi verlässt kurz darauf meine Werkstatt, aber ich komme nicht weiter mit meiner Arbeit, da die Babsi beinahe die Klinke an Freddy und Rudi übergibt.

Ich bin allerdings selbst schuld, weil ich zum Theo in den Laden spaziere – da ist eine Mords-Stimmung. Das Gespräch dreht sich um Fische – was sonst? Wann hat wer welchen Fisch aus welchem Wasser gezogen? Wer hat den größten? *Also gefangen natürlich.*

Wer geht mit welchem Köder auf welchen Fisch? Maden gehen immer, lerne ich. Forellen lieben Powerbait, ein Teiggemisch. Mit Wobbler, Spinner oder Blinker macht sich der Profi auf zum Hechtfang, mit speziellem Haken und Köderfisch ist der Zander das Ziel. *Puh.*

»Ja, die Minnie. Servus, wie geht's dir und dem Alex?«

Rudis Stimme dröhnt so, dass die Köder im Regal neben ihm zu klirren anfangen. *Gut, dass die Maden bereits gefroren im Eisschrank liegen, vermutlich wären sie sonst vor Schreck erstarrt.*

Freddy grüßt mich freundlich.

»Gut, danke. Und euch? Wie geht es dem Simon?«

»Der ist immer noch recht niedergebügelt. Aber das wird schon, wenn er merkt, dass er ned viel verloren hat.«

Ich seufze. »Das hört sich bös an, Rudi. Vom Mörder gibt es nichts Neues? Oder aus der Vergangenheit der Corinna, jemanden, der ein Motiv haben könnte?«

Freddy meint: »Es ist eine Eifersuchtsgeschichte gewesen, da bin ich mir sicher. Die Polizei erzählt ned viel. Sie haben zwei Ex-Freunde befragt. Und die Freundin in München. Also scheinbar waren die ned nur in Museen oder im Theater, sondern haben regelmäßig in Bars ihren Spaß gehabt. Und wahrscheinlich den einen oder anderen abgeschleppt.«

»Das hat's bei uns draußen sicher auch gemacht!« Der Rudi wackelt anzüglich mit den Augenbrauen. Immerhin hat er im Gegensatz zum Theo zwei davon. Leider reißen die den unattraktiven Eindruck, den die fettigen Haare hinterlassen, auch nicht raus.

Freddy winkt ab. »Glaub' ich ned. Das wär schon dreist gewesen.«

»Einmal war der Liebhaber ja auf jeden Fall da: Bevor sie ermordet wurde. Warum denkst du, dass sie was mit einem Hiesigen gehabt hat?«, hake ich bei Rudi nach.

»Mei, a bisserl was geht ja oiwei. Den Spruch gibt es ned umsonst. Und der Simon hat das gschmeckt.«

Freddy unterbricht ihn. »Red keinen Schmarrn, der den Simon in Teufels Küche bringt. Der hat meiner Meinung nach keinen blassen Schimmer gehabt.«

»Wenn ich es doch weiß.« Der Rudi will es erzählen, aber der Freddy lässt es leider nicht zu. »Halt dein Maul!«

Und zu mir meint er leise: »Sei lieber vorsichtig mit der Fragerei, Minnie.«

»Neugierige Leut' sterben bald«, kommt es befriedigt vom Rudi hinterher. Als die beiden den Laden verlassen, lässt er Freddy vorgehen und raunt mir ins Ohr: »Vor ein paar Wochen haben die von den Gemeindewerken den Stausee abgelassen. Frag mal den Simon, was man da so findet.«

Die Neugier zerreißt mich schier und den Alex ebenfalls, auch wenn er es nicht zugibt.

»Außerdem weiß ich, dass du sonst mit der Vespa lostuckerst. Das ist erstens zu weit und zweitens zu gefährlich. Ein Frauenwürger, Minnie!«

Er hat ja mit beidem recht, mein Schatz, obwohl ich superglücklich bin, dass mein Roller wieder im Sommer-Modus und damit angemeldet ist. Am Samstagvormittag brechen wir daher zu einem neuerlichen Ausflug in die Berge auf.

Es herrscht wunderschönes blau-weißes Bayernwetter, und wir steigen zuerst den Petersberg rauf. Oben gibt's Brotzeit und ein Bier in der Sonne mit einem Blick über das Inntal, gefühlt bis nach Wasserburg. Den Rückweg nehmen wir durch die Wolfsschlucht. Die Berggegend ist in der Entwicklung der Flora etwas hinterher, es riecht noch nach Frühling und unter den Bäumen finden sich vereinzelt die violetten Leberblümchen. Der Bach, der teils über Wasserfälle ins Tal fließt, rauscht wild. Unterhalb der Burg Falkenstein spazieren wir zurück zum Wagen.

Wir erreichen den Brauer-Hof günstigerweise zur Kaffeezeit. Und weil das Reserl und die Babsi genug Kaffee und dazu einen wunderbaren Apfelkuchen haben, setzen wir uns zu den Gästen. Auf den beiden hübsch dekorierten Biertischgarnituren vor dem Haus genießen wir die Sonne, den Blick und die Verpflegung.

Als das Rentner-Paar aus Wanne-Eikel sich zu einem Ausflug nach Rosenheim verabschiedet und die Familie aus München hinauf zum *Tatzlwurm* fährt, um den großen Wasserfall anzuschauen, setzt sich das Reserl zu uns. Babsi räumt den Tisch ab, will aber gleich dazustoßen.

Simons Mutter schaut zunächst schweigend in Richtung Heuberg hinüber. Dann seufzt sie. Sie wirkt müde und noch *zamzuzelter* als sonst. Auch ein Grund, der für mich gegen Nachwuchs spricht: Ständig macht man sich Sorgen um die Kinder, ob sie drei, dreizehn oder dreißig Jahre alt sind. *Wobei dreizehn vermutlich die schlimmste Zeit ist, wenn man vor allem mit »boah ey, keinen Bock« oder »warum soll ich den Müll raustragen, bin doch eh nie daheim« konfrontiert wird.*

»Keine leichte Zeit für euch«, sage ich mitleidig. Daraufhin erhalte ich ein Lächeln, dass mir das Reserl in einem anderen Licht zeigt. »Ja, wir waren schon mal glücklicher. Weißt, Minnie, es ist einfach traurig, wenn man zuschauen muss, wie das einzige Kind ins Unglück rennt. Und dabei hat er die Richtige schon gfundn ghabt. Aber da müssen wir jetzt alle durch.«

»Vielleicht war ich halt doch ned die Richtige, Reserl. Sonst hätt' er sich ned so schnell von mir abgewandt«, sagt Babsis Stimme hinter uns. Sie setzt sich mir gegenüber, und ich schaue sie fragend an. Ist das Reserl eingeweiht? Da spricht sie ganz offen: »Ich hab' mich noch ned getraut, es ihm zu sagen.« Das Reserl weiß also über den Traudl-Termin Bescheid.

»Das versteh ich.«

In dem Moment hören wir ein Motorengeräusch, das Babsi zusammenzucken lässt. Simon biegt in seinem Geländewagen in den Hof ein. Er steigt aus, zögert, dann schlendert er herüber und begrüßt uns. Die Babsi ignoriert er. Sie kämpft mit den Tränen, und ich werde allmählich sauer. Er hat sie verraten und sollte ihr zumindest vertrauen. Das Reserl schaut zwischen den beiden hin und her, und ihr geht es wohl wie mir: »Herrschaftszeiten, jetzt reds endlich miteinander, damit alles wieder in Ordnung kommt.«

»Meine Frau ist tot, Mama, alles kann ned wieder in Ordnung kommen. Und nächste Woche wird sie beerdigt.«

»Des ist ned der Babsi ihr Schuld. Eigentlich solltst du auf den Knien rutschen, dass sie dich immer noch mag. Und dass ich dich ned rauswerf', nachdem du unseren Hof wegen dem Flitscherl aufs Spiel gesetzt hast. Deine Frau war nur aufs Geld aus, die hat aus dir einen Deppen gemacht.«

Er will aufbegehren, hat aber keine Chance. Das kleine faltige Reserl ist aus härterem Holz geschnitzt als ihr fast doppelt so großer und breiter Sohn.

»Ihr redet jetzt! Und wenn ich wieder rauskomm', ist die Sache geklärt. Aus, Äpfe, Amen!«

Simon setzt sich mit einem Seufzer ans andere Ende der Bank auf Babsis Seite. So kann er stattdessen Alex und mich anschauen. Es herrscht ein paar Minuten Schweigen. Wer fängt wohl an zu reden? Na ja, ich, weil sich die beiden hartnäckig anschweigen. Der erste Schritt, einen Fehler zuzugeben, ist schwer. Wobei Simons schon schwerer ist. Andererseits hat er halt der geballten Verführung nichts an Erfahrung entgegenzusetzen gehabt.

»Ich weiß, es geht mich nix an, und ich bin kein Paartherapeut. Wobei ich das mit Alex ganz gut hinbekomme, finde ich.«

Der grinst und meint: »Es könnte auch den einen oder anderen geben, der sagt, dass ich es mit der Minnie gut hinbekomme.«

Die Mienen der beiden lockern auf, das war unsere unabgesprochene Absicht. Ich mache weiter – *hoffentlich bringe ich das richtig rüber, was ich sagen will. Es ist ein bisserl wie auf der Rasierklinge zu spazieren.*

»Eine Beziehung ist was, woran man immer arbeiten muss. Wenn man sehr unterschiedlich ist, kann das haarig werden. Darf ich offen sein? Ich geh' jetzt mal von dem Fall aus, dass die Corinna dich nicht aus böser Hinterlist wegen des Geldes geheiratet hat. Das kann ich ned beurteilen. Ich fasse es zusammen, ohne um den heißen Brei zu reden.«

Beide nicken und sind wohl froh, dass sie mich anschauen und so den Blick aufeinander umgehen können.

»Du, Simon, hast eine Frau getroffen, die dich interessiert hat, weil sie ganz anders war als du. Und sie hat es auf dich abgesehen gehabt und dann halt festgestellt, dass es doch nicht so gut passt. Deswegen wollte sie dich von hier wegziehen. Du hast dich ned von der Heimat lösen können, also hat sie sich anderweitig getröstet. Die Babsi hat es sehr verletzt, dass du Schluss gemacht hast, weil sie dachte, es läuft alles wunderbar bei euch. Und plötzlich heiratest du recht zackig eine, die so gar ned her passt. Und sie, deine Mutter und deine Freunde müssen zuschauen, wie die Corinna mit dir umspringt. Und haben Angst, dass du irgendwann gehst und vielleicht noch dazu der Hof verkauft werden muss. Ich glaub', dass du es selbst schon gewusst hast, dass es ned funktionieren kann. Aus so einer Lage rauszukommen, ist schwer. Ich denke trotzdem, dass du sie ned getötet hast. Doch die Babsi war es genauso wenig.«

Ihr leichtes Nicken zeigt mir, dass ich ihr Alibi verraten darf.

»Und das weißt du auch, Simon. Du bist unglücklich, weil du Angst hast, dass sie dich aufgegeben hat. Das hat sie aber ned. Noch ned. Und weil sie nach wie vor Hoffnung gehabt hat und verzweifelt war, hat sie sich Hilfe gesucht.«

Jetzt schaut Simon Babsi an, sie wird rot und senkt den Kopf. Ich habe nun seine volle Aufmerksamkeit.

»Sie war bei meiner Mutter, als deine Frau ermordet wurde. Die Babsi hat gehofft, dass die Traudl und die Planetenkonstellation ihr sagen können, ob sie noch eine Chance hat, mit dir glücklich zu werden. Oder ob sie dich besser aufgeben soll. Denn unerwiderte Liebe tut sehr weh, irgendwann muss man einen Schlussstrich ziehen.«

Nun rutscht Simon näher zu Babsi hinüber. Er ergreift ihre beiden Hände, die zitternd auf ihrem Schoß liegen, und streichelt sie.

»Es tut mir so leid, Babsi. Ich wollt dir nie wehtun. Ich weiß ned, wie das hergegangen ist. Ich war blind. Doch den

Tod hat die Corinna trotz allem ned verdient. Ich muss wissen, wer das war.«

Sie sagt nichts, deshalb fahre ich fort.

»Fassen wir mal zusammen: Die Babsi war es ned, und das Reserl sicher auch ned.«

Simon schüttelt mit entsetztem Gesichtsausdruck den Kopf, weil ich seine zarte Mutter verdächtigen könnte. Doch den Zahn zieht ihm Alex.

»Deine Mama ist klein und zierlich, war jedoch extrem wütend. Sie ist harte Arbeit gewohnt und will dich nicht verlieren. Unterschätz sie nicht. Wenn Corinna an einem Schlag auf den Kopf gestorben wäre, stünde sie für mich ganz oben auf der Verdächtigenliste.«

Simon schluckt. »Das tät sie niemals. Ebenso wenig wie die Babsi. Aber wer war es dann?«

»Vielleicht der Liebhaber, von dem wir nix wissen. Außerdem gibt es noch den Rudi, der abgewiesen wurde. Der behauptet, dass er ein Alibi hat. Ob das stimmt – keine Ahnung. Er hat gesagt, ich soll dich fragen, was man beim Ablassen des Stausees finden kann.«

Simon fährt zusammen und wird kasweiß. *Nicht gut, gar nicht gut!*

»Simon?«, Alex wird energisch.

Der winkt ab.

»Nix, der Rudi hat einen Schmarrn erzählt.«

Babsi zieht ihre Hände weg und fragt: »Erzählt er mir den auch, falls ich ihn frage?« Vermutlich würde der Rudi ihr alles haarklein berichten, und das weiß Simon genau. Den könnte man gerade vor ein weißes Bettlaken stellen, dann wäre er unsichtbar bis auf die braunen Haare.

»Simmerl, sag es!« Babsi lässt nicht locker.

»O mei, o mei, wenn das rauskommt, denken erst recht alle, dass ich es war.«

Da ist einer wirklich völlig verzweifelt. Alex und ich sehen uns an, und mein Freund hakt nach: »Warst du es, Simon?«

»Nein, nein, das hätte ich nicht können. Obwohl ich gewusst hab, dass sie mich betrügt.«

»Woher, Simon, und seit wann?«

Aus der Nummer kommt er nicht mehr raus. Die Babsi und das Reserl haben die Wahrheit verdient. *Außerdem macht die Vogel-Strauß-Taktik mit dem Kopf-in-den-Sand-Stecken keinen Sinn. Schon allein wegen des harten Gesteins hier oben in den Bergen.*

Er schluckt, dann beginnt er zu erzählen.

»Die Corinna hat sich zur Hochzeit eine Kette gewünscht. Die hat sie bei der Mama im Schmuckkasten entdeckt. Ein Erbstück von der Oma, aus Gold mit einem Amulett. Der einzige Schmuck, den man auch ohne Tracht tragen kann, weil er zeitlos ist. Und weil die Mama oft gesagt hat, dass die Kette später einmal an meine Frau geht, hab' ich sie überredet, sie der Corinna zu geben.«

Der Babsi sehe ich an, wie sie eine Erinnerung quält. Wahrscheinlich kennt sie die Kette und hat einmal gedacht, dass sie sie tragen wird. Oder die Corinna hat es ihr unter die Nase gerieben. Der Typ war sie möglicherweise.

»Sie hat sie immer getragen, wenn sie mit ihrer Freundin in München ins Theater gegangen ist. Und dann war die Kette plötzlich weg. Angeblich hat sie sie im Theater verloren. Die Mama war völlig narrisch. Ich hab' sogar in der Staatsoper angerufen, ob sie gefunden wurde. Nix. Ab da hat die Mama mit der Corinna nimmer geredet.«

Verständlicherweise bei einem wertvollen Erbstück. Vielleicht hat sie angenommen, dass die Schwiegertochter das gute Stück verkauft hat, um Geld für etwas anderes Schönes zu bekommen. Dass ich mit meiner Spekulation falsch liege, erfahre ich bei Simons nächsten Sätzen.

»Vor ein paar Wochen haben die Gemeindewerke den Stausee durch das Loch in der Mauer bis zu der Öffnung abgelassen. Mit den Jahren sammelt sich viel Schlaaz an, und dann passt natürlich weniger Wasser in den See. Weniger Wasser heißt weniger Druck auf den Turbinen und damit weniger Strom für Oberaudorf. Der See wird also so in etwa alle zehn Jahre ausbaggert.«

Er macht eine Pause, jedes Wort fällt ihm schwer.

»Müssen da zuerst alle Fische raus?«, erkundige ich mich, um ihm die Anspannung zu nehmen.

»Ja, die haben sie mithilfe des Fischereivereins in andere Seen oder eben in die Fischweiher umgesetzt. Forellen halten nicht lange ohne frisches Wasser durch. Außerdem sind sie sehr stressempfindlich.«

»Und wer war dabei?«

»Die Leute von den Gemeindewerken.«

»Und der Rudi?«

»Ja, der Rudi war zufällig da und hat zugeschaut.«

»Zufällig?«, frage ich spöttisch. Der Kerl ist für mich auffällig, nicht zufällig. So ungern ich es zugebe, mir geht es wie der Anita aus der Bäckerei: Der Rudi steht bei mir auch ganz oben auf der Verdächtigenliste. »Und du hast was gefunden?«, hake ich erneut bei Simon nach. Der nickt, er ist nicht mehr so bleich, wirkt trotzdem völlig niedergeschmettert.

»Der See war leer bis auf ganz wenig Wasser und den Schlaaz von den Blättern. Vor der Öffnung in der Staumauer, vor der sich noch ein Gitter und ein weiterer Schutz befindet, lag ein morscher Ast, der bis auf den Grund reichte. An dem hing die Kette. Und ausgerechnet ich hab' den Ast rausgezogen.«

»Und die Kette gesehen«, folgert Alex.

»Und gewusst, dass die Corinna dich belogen hat, wofür es nur einen Grund gibt«, setze ich hinterher.

»Ja.« Mehr kommt erst einmal nicht von ihm. Babsi nimmt seine Hand. Er atmet tief ein und spricht weiter.

»Sie war da oben, mit der Kette, an einem Abend, an dem sie angeblich in München war. Sie hat zuerst recht erstaunt getan. Aber die Kette konnte sie ja ned weglügen. Also hat sie erzählt, dass ihr jemand die Kette gestohlen hat und sie nur den Tag verwechselt hat, dass es halt doch nicht im Theater passiert ist, sondern in Oberaudorf.«

Nun sieht er grimmig aus.

»Ich hab' gewusst, dass sie lügt, und hab' nicht lockergelassen. Und dann hat sie zugegeben, dass sie einen anderen dort oben getroffen hat. Der eben ned nur Sex im Himmelbett haben will, derweil die Mutter nebenan schläft. Einen interessanten Mann. Und weil es auf der Staumauer so zur Sache gegangen ist, ist der Verschluss aufgesprungen und die Kette ins Wasser gefallen. Sie und ihr Dschamsterer haben gemeint, dass die im Dreck versinkt und nie gefunden wird. Tauchen macht an der Stelle auch wenig Sinn.«

Leise fügt er hinzu: »Das war der gefährliche Moment, da hätte ich sie beinahe geschlagen. Ich war wie betäubt, bin durch die Gegend gelaufen und hab' versucht, zu verstehen, was ich falsch gemacht habe. Der Rudi hat das mit der Kette mitbekommen und hat mich die ganze Zeit dumm angeredet. Ich hätt' keine Eier in der Hose, weil ich sie ned zum Teufel jag. Recht hat er gehabt. Ich war zu feig.«

»Und jetzt hamma den Salat«, kommt es von seiner Mutter, die hinter ihm steht. Ihre Gesichtsfarbe hat einen auffallenden Kontrast zu der seinen. Das Reserl ist hochrot vor lauter Zorn. Da die Suppe nicht noch höher kochen muss, versuche ich es mit Ablenkung.

»Entschuldigt die direkte Frage, aber wer hat sich denn von hier aus der Gegend mit der Corinna abgegeben?«

Was ich meine, versteht jeder.

»Mei, die hat mit beinah jedem geschäkert, sofern er entweder gut ausgesehen oder Geld ghabt hat«, ist die klare Aussage vom Reserl. Mich wundert, dass sie das weiß. Sie scheint mir nicht der Typ zu sein, der ständig auf Dorffeste geht.

»Woher willst du das wissen? Du bist doch immer auf dem Hof«, fragt Simon, der offensichtlich meine Gedanken gelesen hat.

Das Reserl schaut nicht zur Babsi hinüber, die als Quelle in Frage kommt. Völlig überraschend für uns alle sagt sie: »Der Freddy ist ein guter Freund, Simmerl. Der hat mich auf dem Laufenden gehalten, weil er um dich Angst hatte. Der Rudi hat die Corinna mal heimgefahren, auf

Umwegen. Freddy meint, da ist was gelaufen. Und dem Kilian hat sie auch gefallen.«

Babsi wirft mit hochgezogenen Augenbrauen ein: »Der Freddy hat ebenfalls mit ihr öfter getanzt, der braucht grad reden.«

Das Reserl ist jedoch sicher, wer der Gute im Spiel ist. »Das hat er mir erzählt. Er hat es für den Simmerl getan und die Corinna quasi so überwacht.«

Ich mag zwar keine Spitzel und Spanner, aber der Freddy hat sich tatsächlich bisher nie danebenbenommen, wenn ich ihn getroffen habe. Und er hatte eine schlechte Meinung von Corinna, was für den »guten Freund« spricht.

»Warum habt ihr mir das nie gesagt?«, erkundigt sich Simon, der sich seinem Gesichtsausdruck nach verraten fühlt.

»Das hab' ich einmal gemacht, dann hast mir an den Kopf geworfen, ich würde aus Eifersucht lügen.« Babsi ist grantig.

Mir geht es um etwas anderes: »Wieso wollte der Rudi, dass ich dich nach dem Fund am Stausee frage?«

Alex folgert: »Er will den Simon hinhängen, weil er ihn für den Mörder hält.«

»Er hat so hämisch geklungen. Nicht traurig, weil er den Freund ans Messer liefern muss«, meine ich nachdenklich.

Simon schnaubt empört. »Traurig, der! Er hat mich erpresst. Er glaubt zwar, dass ich zu blöd für den Mord bin, aber die Polizei würd' mich sofort einkasteln, sobald sie das von der Kette hört.«

»Was heißt ›erpresst‹, Bub?«, fragt das Reserl erschrocken. Simon macht nun reinen Tisch.

»Zweitausend Euro will er haben. Die kriegt er aber ned, weil ich es ned war. Wahrscheinlich hat er es deshalb der Minnie erzählt. Damit die über den Gustl die Polizei informiert.«

»So ein Saukerl!«, flippt die kleine Brauer-Bäuerin aus. In Rudis Haut möchte ich nicht stecken.

In so einer Situation ist die Flucht nach vorne das einzig Sinnvolle, deswegen rate ich Simon: »Am besten meldest du es der Polizei selbst. Erfahren wird sie es sicher. Besser von dir als vom Rudi.«

Simon weiß, dass ich recht habe, auch wenn es ihm nicht gefällt. Ich ruf den Gustl an, der gibt den Aussagewunsch an seinen geheimnisvollen Rentner-Kollegen weiter. Und wenig später erhält der Simon einen Anruf, dass er auf der Stelle und ohne Umwege zur Inspektion fahren soll. Babsi begleitet ihn. Hoffentlich muss sie nicht allein zurückfahren, weil sie Simon dabehalten.

Zeichen von oben

D ie Rosenheimer Polizei hat Simon zwar ziemlich in die Mangel genommen, aber wieder freigelassen, erzählt mir Gerhard, als ich mir von ihm die neue Polizeiinspektion in Wasserburg, »oben« in der Burgau, zeigen lasse. Schön ist sie geworden. Es ist ein moderner zweigeschossiger Bau, der den alten Standort im denkmalgeschützten Gebäude ersetzt. Mehr Platz, mehr zeitgemäße Technik, ein gesicherter Hof mit Garagen für die Fahrzeuge. Und die Beamten müssen »zugedröhnte Kundschaft« nicht mehr in den ersten Stock hinauftragen oder -schieben, wie es im *Salzstadel*, dem vorherigen Gebäude, das unter Denkmalschutz steht, der Fall war. Jetzt ist es nur eine Treppe nach unten zu den Zellen, da hilft dann auch noch die Erdanziehungskraft dazu. Es gibt neben vielen Büroräumen – ja, auch die Polizei muss sich mit Behördenkram wie Formularen herumschlagen – einen Befragungsraum mit venezianischem Spiegel für anonyme Gegenüberstellungen. Die Ermittler bei der

Wasserburger Polizei – intern »kleine Kripo« genannt – haben sogar einen Raum für die Spurensicherung und - Verarbeitung. In einem weiteren Zimmer wird »erkennungsdienstlich« gearbeitet: Hier entstehen die verschiedenen »schmeichelhaften« Fotos, werden Finger-abdrücke gescannt oder richterlich angeordnete DNA-Abstriche genommen. Richtig spannend ist die Zentrale, in die man vom Eingangsvorraum hineinspähen kann. Dort kann der diensthabende Beamte seine Kollegen über Monitore beim Einsatz beobachten und falls nötig eingreifen, verstärken oder Änderungen veranlassen. Und dann gibt es noch einen Besprechungsraum, in dem auch viele Menschen zur Koordination bei Großeinsätzen Platz finden.

Mich freut es, dass die Arbeitsbedingungen jetzt besser sind, der Job ist anstrengend und gefährlich genug. Nachteilig ist, dass ich nun, wenn es pressiert oder ich was wissen will, nicht mehr fünf Minuten quer durch die Altstadt sausen kann, sondern den Köbinger Berg rauf muss. Oder mit der Vespa die Serpentinen, und ich lege mich nicht so gerne in die Kurve.

»Aber das ist kein Grund, uns nicht mehr zu informieren, gell, Minnie«, mahnt Gerhard mit erhobenem Finger. Er spart sich die Bemerkung, dass ich Informationen schon früher gelegentlich mal gehortet habe. Er winkt mir etwas traurig nach. Denn obwohl er gegenüber jetzt einen Einkaufsmarkt hat und rechts den Subway – die beide sicher ein Mords-Geschäft mit ihm machen – vermisst er doch die ein oder andere

Leberkässemmel des Metzgers seines Vertrauens von »unten« in der Altstadt.

Gerhard hat mich für weitere Infos lachend an Gustls »Ermittlungsvertreter in Sachen unruhiger Rentnerbulle« verwiesen. »Die hocken ständig zam im Café, Minnie. Hock dich halt dazu.«

»Ich treff' den nie«, jammere ich, »der ist wie ein Geist.«

»Ich würd' mich mal öfter umschauen«, neckt mich der Gerhard. »Der Pangratz war im Undercover-Einsatz und soll ein super Beschatter gewesen sein.«

Da ich mir nicht sicher bin, ob Gerhard mich aufgezwickt oder mir die Wahrheit gesagt hat, spüre ich auf dem Weg in die Innenstadt ein Kribbeln im Nacken. Aber immer, wenn ich mich schnell umdrehe, um einen Beschatter zu erwischen, ist da keiner. Ich traue mich nicht mal, den schönen Geheimweg zu nehmen, der zwischen Gabersee und der Burgau hinunter zum Inn und zu dem ehemaligen Eisenbahntunnel führt. Ich hätte Gerhard um ein Foto von Pangratz bitten sollen.

Wen ich allerdings entdecke, als ich später von meinem Balkon aus zum Inn hinausschaue, ist der Angler mit Schlapphut und Socken. Er winkt fröhlich herauf, und ich grüße zurück. Ich hätte Lust, hinunterzugehen und den Mann auszufragen, ob ich mir meinen Verfolgungswahn einbilde. Leider habe ich keine Zeit, denn die Kati-Oma will mir die gesammelten Geschichten für die Toni präsentieren. Dazu besuche ich die Hundshammers. Meine Freundin ist klugerweise bei Basti im Asyl und bekommt es nicht mit.

Die Kati-Oma hat es mit etwas Hilfe ihrer Schwiegertochter wirklich geschafft, ein paar Highlights zusammenzustellen. Theresa hat nach passendem Bildmaterial gestöbert. So sitze ich mit Tränen in den Augen auf der Couch und schaue auf Toni und mich mit etwa vier Jahren. Wir gschaftln vor unserem Kartonhaus, das wir für die in jenem Jahr sehr zahlreichen Marienkäfer gebaut haben.

Es folgen Fotos mit kleinen Geschichten, wie die von einer achtjährigen Toni, die vor einem unbezwingbaren Berg gekochter Kartoffeln sitzt. Ich erinnere mich, dass die Kati-Oma für diese Unmengen verantwortlich war und Toni nicht gehen lassen wollte, bis der Teller leer war. Ich stand schon im Türrahmen und wartete ungeduldig auf sie. *Was soll ich sagen: Natürlich habe ich meiner Freundin aus der Bredouille geholfen. Ich liebe Kartoffeln und hatte sowieso Hunger, weil die Traudl das Essen hat anbrennen lassen – der Jupiter war wichtiger.*

Die zehnjährige Toni mit zwei geflochtenen Zöpfen vor einem Eiscafé in Venedig. Der Verkäufer hatte sie eine Zeitlang geärgert, ihr dann aber doch schnell das Hörnchen gereicht, als sie einen Tobsuchtsanfall bekommen hat. Bei Eis versteht die Toni heute noch keinen Spaß. Das ist übrigens das einzige Bild, auf dem ich nicht mit drauf bin.

»Ich war ständig bei euch«, murmele ich. Theresa nimmt mich in den Arm. »Und du warst uns immer willkommen, mein Schatz.«

Nach dem nächsten Umblättern entdecke ich die 13-jährige Toni, die entnervt die Augen verdreht. Ich daneben krümme mich vor Lachen.

»Was da los war, weiß ich gar nicht mehr«, meint Theresa kopfschüttelnd. Ich kichere. »Ich schon.«

Die beiden Frauen sehen mich auffordernd an, doch ich bekomme grad zu wenig Luft zum Reden.

»Birnbaum und Hollerstaudn, Minnie, sag es endlich!« Nun verdreht die Kati-Oma die Augen. Von der hat die Toni das also.

»Da hat der Basti sie gefragt, ob sie mit ihm zum Baden will. Und den konnte sie ja nie leiden. Aber er hat es immer wieder probiert.«

»Da sieht man mal, dass Beharrlichkeit sich auszahlt«, ist Theresas trockenes Resümee.

»Der arme Kerl hat sich viel gefallen lassen. Und jetzt schau die beiden Glückskinder an«, meine ich gerührt. Dann tupfen Theresa und ich uns ein Tränchen aus dem Augenwinkel. Die Kati-Oma fordert einen Willi zum Anstoßen. Ausnahmsweise bin ich dabei, damit ich der Rührung Herr werde. »Ihr habt da ein so tolles Geschenk gestaltet.« *Und kein Mensch wird je erfahren, dass es ursprünglich nur als ABM-Maßnahme für die Kati-Oma gedacht war.*

Gegen Ende der Woche fahren Alex, Basti, Theo und ich nach Oberaudorf zu Corinnas Beerdigung. Zunächst sitzen wir in der Kirche und hören dem Pfarrer zu, wie er über Corinna berichtet. Vorne in der ersten Reihe, aber neben den Brauers sitzt ein älteres Ehepaar. Ich kann nicht viel von ihren Gesichtern erkennen, doch sie wirken starr und gefühllos.

Kilian raunt mir zu: »Das sind Corinnas Eltern. Das letzte Mal waren sie bei der Trauung da. Haben ziemlich auf Simon runtergeschaut. Und das Reserl haben sie gar nicht beachtet.«

»Also großkopferte Zuagroaste?«, fragt Basti zurück.

»Wohl eher Möchtegern-Großkopferte, mit mittlerem Einkommen. Und die würden nie nach Bayern ziehen, sie haben der Corinna wortwörtlich auf der Hochzeit gesagt, dass sie das noch bereuen wird.«

Keiner erwidert etwas darauf. Schließlich haben die Eltern auf eine ganz böse Art und Weise Recht behalten.

Viel hat der Pfarrer zu Corinnas Leben nicht zu sagen. Da gibt es sonst andere Lebensläufe, selbst wenn die Verstorbenen jung war. Sie hat beruflich nichts vorzuweisen, außer der Buchhaltung in der Galerie nach der Ausbildung. Hobby – keins, ehrenamtliche Tätigkeiten oder Vereinsmitgliedschaft – keine, Freundeskreis – Pustekuchen. Ihre einzige Münchener Freundin ist noch im Urlaub.

Die Kirche ist vollbesetzt, aus Ehrerbietung gegenüber Simon und Reserl vor allem, nehme ich an. Sogar das Dorfratschenquartett ist da, sitzt jedoch ausnahmsweise schweigend neben dem jeweils männlichen Gegenstück.

Nach den üblichen Gebeten und Fürbitten wird der Sarg aus hellem Holz mit einem weiß-roten Blumengesteck von Simon, Kilian, Freddy und Rudi hinaus in die Sonne getragen. Der Frühling duftet auf dem gepflegten Areal aus allen Ecken, Blumen blühen auf jedem Grab. Um das Gelände ragen alte Bäume empor, dahinter die Berge mit noch wenigen weißen Kappen und Tälern. Wenn man darüber nachdenken möchte, könnte man es als schönes Plätzchen für die letzte Ruhe bezeichnen. Aber das sind Friedhöfe ja meistens – lauschige Orte zum Nachdenken bei Vogelgezwitscher und zum Eichkatzerl-Beobachten. Der Trauerzug, mit uns vieren ziemlich am Ende, folgt den Sargträgern mit ihrer traurigen Last quer durch den Friedhof auf gekiesten Wegen bis zu einem Leichenwagen. Da wird mir klar, dass die Eltern die Beerdigung ihrer Tochter hier verhindert haben.

Immerhin stehen die Angler Spalier, unter anderem auch einer, der heute glatt mal keine Socken trägt. Beinahe hätte ich ihn nicht erkannt: Er trägt einen Trachtenhut mit riesigem Gamsbart, eine Lederhose, und die passenden Trachtenstutzen stecken in schönen Haferlschuhen. Der Riesenkerl schafft es, sich hinter deutlich kleineren Männern so zu verstecken, dass ich keinen genauen Blick auf das heute brillenlose Gesicht werfen kann.

Als die vier Männer den Sarg in den Wagen geschoben haben, legt Simon die Hand auf den Deckel. Ich spüre bis zu meinem Platz in der hintersten Reihe der langen Menschenschlange seinen Schmerz, als er Abschied nimmt. Schließlich dreht er sich um, Tränen laufen über sein Gesicht. Er wehrt Freddys Hand ab, eilt davon und verschwindet hinter der Kirche.

Die Eltern steigen in ein schickes Cabrio, ohne sich von irgendjemandem auch nur mit einer Geste zu verabschieden, und folgen dem Leichenwagen in Richtung Autobahn.

»Sie wollten sie auf keinen Fall hierlassen«, murmele ich.

»Das ist das einzige Zeichen von Zuneigung, das ich bis jetzt bei denen gesehen habe«, sagt das Reserl hinter mir. »Sie hat es daheim wohl nicht leicht gehabt«, fügt sie bedrückt hinzu. Ein kleines schlechtes Gewissen beim harten Reserl?

Alex legt ihr die Hand auf die Schulter.

»Vermutlich ist kein Leichenschmaus angesetzt, oder?«

»Das wollten weder die Eltern noch der Simmerl.«

Der versucht, so schnell wie möglich abzuschließen, das ist klar. Aber ich bin mir sicher, dass ihn der Schmerz über die gleich auf zwei Weisen verlorene stark entflammte Liebe noch lange begleiten wird.

Der Theo bringt es auf den Punkt, als wir Richtung Norden fahren. Auf der Gegenseite staut es sich gerade wieder über Kilometer dank der österreichischen Blockabfertigung.

»Ich glaub', beim Leichenschmaus hätt' es Mord und Totschlag gegeben. Entweder hätt' der Rudi blöd dahergeredet oder die Anita und ihre Freundinnen. Ist schon richtig, dass sie den haben ausfallen lassen. Auch wenn jetzt ein schöner Kuchen recht gewesen wär.«

Ein guter Ansatz, der uns daheim in Wasserburg direkt in den Bohnenröster unter die Arkaden befördert.

Die Hochzeit nähert sich mit rasanten Schritten, was Zeit wird, denn ich habe Angst, dass die Toni im Rathaussaal, wo die Trauung stattfinden wird, entbindet. Das Hochzeitskleid hat die Schneiderin bereits zweimal ausgelassen.

»Viel Spielraum hab' ich nimmer, einmal geht noch, danach muss sie in einem Zelt heiraten. Das gibt's im Katalog für Umstandsmode.«

Toni kann glücklicherweise über so einen gemeinen Satz lachen, weshalb ich ihr am Abend für weiteres Amüsement eine Übersicht mitbringe, die alternative Möglichkeiten in Hülle und Fülle bereithält: einen Katalog mit Campingzubehör.

Friseurin Katja, die Schwester eines Kollegen von Basti, ist da und probiert Frisuren aus. Ich finde, Toni sieht mit allen Varianten wunderschön aus, was an ihren strahlenden Augen liegt. Sie entscheidet sich nach einem beratenden Stups meinerseits für eine mehrfach geflochtene Hochsteckfrisur mit einem kleinen Gesteck aus weißen und apricotfarbenen Röschen. Das bringt Katja in etwa einer knappen Stunde zustande, Zeit ist Geld – in diesem Fall der hochschwangeren Braut. Dann noch hier und da ein paar »Highlights« ins Gesicht kleistern, mehr will Toni nicht, hat sie auch nicht nötig.

Mein persönliches Highlight ist nach wie vor, dass ich versuche, diesen Pangratz zu treffen und nebenbei den Angler zu erwischen. Ich habe sogar schon Kilian zu dem Mann befragt. Der meinte nur, dass die Beschreibung zu ungenau ist und selten Fremde am See sitzen. Hier würde jedoch gleich jemand vom Verein nachhaken.

Neben den Märtyrern stolpere ich dauernd über fantastische Wesen. *Die alten Wasserburger waren ein abergläubischer Haufen. Ach, was heißt »die alten«? Ich muss ja nur in Richtung Traudl schauen.*

Vielleicht liegt es aber auch daran, dass ich bei meiner Fantasy-Story mitten im Showdown sehr in den Schreibfluss vertieft bin. Seltsamerweise kommen bei meinen magischen Zwillingen Jaguare, Adler und Falken vor, keine Einhörner oder Drachen. Ja, solche gibt es im katholischen Wasserburg. Sogar an einem höchstreligiösen Ort.

Ich bin mit Gustl unterwegs vom Café am Bahnhof über den Friedhof, wo wir einen Stopp am Grab seiner Anna einlegen und ihr so erzählen, was gerade vorgeht. Also ich erzähle, und der Gustl hört zu. Das war schon zu Annas Lebzeiten so. Und egal, woran man glaubt, an Wiedergeburt oder das ewige Leben der Seele im Himmel: Ich bin mir sicher, Anna schaut auf uns und hört lächelnd zu. Was das angeht, fehlt sie mir am meisten. Anna konnte auch eine Stunde schweigend dem Minnie-Geplapper lauschen. Und sie hat immer das richtige Schlusswort oder einen Rat gefunden. Mit Traudl meine innersten Gedanken und Träume zu teilen, das traue ich mich nicht. Sie tickt so ganz anders. Und Alex und Gustl sind Männer, die lauschen genau zwei Sätze lang, dann driften sie weg in ihre eigenen Gedanken. Der einzige Mann in meiner Reichweite, der gut zuhören kann, ist Basti, und der hat es ja studiert. An Annas Grab dagegen hält ihr Witwer lange durch.

Zurück zum Einhorn: Als wir den Friedhof verlassen, fällt mir die Grabplatte am Portal auf. Dort gibt es gleich mehrere der magischen Tiere. Im frühen Christentum stand das Einhorn für Unschuld und Reinheit und war ein

Zeichen für die Jungfrau Maria. Auf jeden Fall ist es ein Symbol für das Gute und die Kraft, die in einem selbst liegt. Ich finde es interessant, dass zu den verschiedensten Wesen und Tieren immer wieder Kulte entstehen, heute meist mit viel Kaufkraft verbunden. Mal fällt man überall über Alpakas, dann eben über Einhörner. Die Menschen haben übrigens schon immer nach magischen Tieren gesucht: Marco Polo glaubte, ein Einhorn auf Sumatra gesehen zu haben, man vermutet, dass es sich wohl eher um ein Sumatra-Nashorn handelte. Das seltene Tier ist zwar recht klein, jedoch nicht ganz so filigran und anmutig in der Bewegung.

Und was glaubt ihr, wer mir am gleichen Tag über den Weg läuft? Natürlich: der normalerweise besockte Modefreak, diesmal mit Turnschuhen und ohne Socken. *Verfolgt er mich jetzt oder nicht?* Auf jeden Fall versuche ich nun, den Spieß umzudrehen. Der Kerl war schon mit Sandalen schnell, noch flotter ist er leider mit Turnschuhen verschwunden. Ich bin mir sicher, dass er in die Sedlmaiergasse eingebogen ist. Das ist eine kleine Sackgasse, die von der Hofstatt abgeht. Dort gibt es das Klosterstüberl und einige private Eingänge. Ich sprinte hinterher, aber er ist nicht auffindbar. Die Wirtschaft ist geschlossen, und Klingelputzen an den Haustüren will ich nicht. Dafür stechen mir an einem hölzernen Eingang zwei Pentagramme neben dem Segensspruch der Heiligen Drei Könige ins Auge. Das Haus und seine Bewohner schützen sie hoffentlich. Und diesmal freundlicherweise sogar mich: Als ich meinen Blick in den blauen Himmel wandern lasse, erspähe ich einen Drachen als Wasserablauf ganz oben am

Gebäude. Und zugleich eine Plastikgießkanne, die von einer Fensterbank in meine Richtung stürzt. Ich springe auf die Seite und das grüne Teil kracht knapp neben mir auf das Kopfsteinpflaster.

Eine Frau schaut erschrocken aus dem Fenster: »Mei, das tut mir leid. Ist dir was passiert?«

»Nein, alles in Ordnung. Außerdem ist sie ja leer.«

»Ja, aber der Schnabel vorn – das kann weh tun, wenn man den ins Aug bekommt.«

Das hätte passieren können beim Raufschauen zum Drachen. Ohne Raufschauen wäre es dafür ein Herzkasperl geworden, falls mich die Gießkanne ohne Vorwarnung getroffen hätte. Hat mich jetzt also der Drache geschützt, oder waren es die Pentagramme? Ich glaube, ich sollte besser anfangen, Sachbücher zu schreiben.

Der Angler und ich beschäftigen uns in dieser Woche eingehend mit dem Hasch-mich-Spiel. Es ist wirklich lächerlich, bis er auffällig wird. Da sehe ich ihn oberhalb des Parkhauses zu meinem Balkon herüberstarren. Das ist volle Absicht! Er schaut – ohne die dicke Brille – durch sein Fernglas in mein Fernglas. Ja, so was habe ich. Eine Frau muss sich schließlich vor Stalkern, Verfolgern und unheimlichen Sockenfreaks schützen. Als ich es Alex erzähle, lässt der die Zeitung fallen und saust los. Ich beobachte erfreut meinen sportlichen Freund, wie er über die Brücke joggt und dann fünf Minuten später an der Stelle steht, wo der Angler zuvor war. Mein Handy klingelt.

»Minnie, der ist nicht aufzufinden.«

Doch ich erspähe ihn.

»Er ist neben dem Nepomuk an der Brücke«, informiere ich Alex. *Natürlich – neben einem weiteren Märtyrer, was sonst. Dass ich den Mann vermutlich auf Alex aufmerksam gemacht habe, weil ich meinen Freund anstatt den Angler beobachtet habe, erwähne ich lieber nicht. Aber ich schaue Alex beim Laufen einfach gerne zu.*

Nun halte ich das Fernglas auf den Schlapphut gerichtet. Das passiert mir kein zweites Mal.

»Er geht über den Zebrastreifen, jetzt ist er unten am Inn und spaziert Richtung Staustufe. Alex, ich kann ihn leider nicht mehr beobachten, weil er um die Kurve rum ist.«

Dafür ist nun Alex wieder im Minnie-Fokus. Kurz, bevor auch er aus meinem Sichtfeld verschwindet. Ich muss lachen, als ich den Angler erneut sehe.

»Alex, er radelt grad über die Brücke zurück in die Stadt. Ich versuche, ihm den Weg abzuschneiden.«

Also galoppiere ich die Treppen hinunter, an der Kreuzpointnerin vorbei. »Minnie, gehst du zufällig zum Bäcker?«

Allerdings nützt das Rennpferd-Tempo nichts. Ich sehe die weißen Socken auf den Pedalen noch in Richtung Gries entschwinden. Da habe ich keine Chance, ich gehöre nicht zu den Langstreckenläufern. Ich höre Keuchen, dann steht Alex neben mir. Mein Freund hält sich die Seiten und schüttelt schnaufend den Kopf. »Das gibts doch nicht ... der macht sich einen Spaß ... mit uns.«

»Ja, scheint so, Hase.«

Ist das Spaß, wenn man Leute mit dem Fernglas ausspäht? Ein kleines mulmiges Gefühl habe ich trotz allem, wenn ich an die arme Corinna denke. Nachdenklich folge ich Alex nach oben.

»Ich hatte leider kein Geld dabei, Frau Kreuzpointner. Tut mir leid«, entschuldige ich mich im Vorbeigehen.

»Basst scho, Minnie. Ein andermal vielleicht.«

»Freilich.«

Später besucht mich der Gustl in der Werkstatt. Mit Krücken und ohne Chauffeuse. Ich glasiere die Fische gerade mit der transparenten Glasur. Danach folgt noch ein zweiter Brand, bei dem das Pulver schmilzt. Der Theo ist mit dem bisherigen Ergebnis glücklich.

»Der Wels hat ein bisserl große Glubscher, und der Hecht hat's Maul sehr weit offen«, kommt als kritische Anmerkung jedoch.

»Du wolltest, dass man die Zähne sieht, das geht halt nur bei offenem Maul.«

Mei, diese pingeligen Freaks. Egal, ob das Angler, Golfer, Reiter, Segler und Co. sind – sobald einer eine extreme Leidenschaft hat, wird er zum kleinkarierten Fanatiker und päpstlicher als der Papst.

Wenigstens hat der Gustl Neuigkeiten.

»Ich hab' über Umwege das Alibi vom Rudi erfahren.«

Er plustert sich auf, macht einen auf Spannung. Ich seufze.

»Gustl, das ist ja super. Magst du es mir heute Vormittag noch sagen oder machen wir für abends einen Termin aus?«

»Gstell' dich ned so, Minnie. Du wirst auch immer ungeduldiger. Was das angeht, reicht mir schon die Traudl.«

»Apropos Traudl, schaffst du es jetzt allein zur Krankengymnastik?«

Er brummelt vor sich hin, ich verstehe kein Wort, was nur eines bedeuten kann: »Du gehst nimmer hin? Gustl, das ist aber wichtig. Sonst wird der Fuß ned gscheit durchblutet. Dann kriegst vielleicht einen Stau und einen dicken Fuß und Krampfadern.«

»Die hab' ich eh schon«, kommt es bockig zurück.

»Du willst doch ned dein restliches Leben humpeln, sondern wieder geschmeidig hinter den Verbrechern hersausen, oder? Dafür muss der Fuß beweglich werden.«

»Das Rezept ist aus, und ich hab' mir kein neues verschreiben lassen.«

Ich greife nach meinem Handy und rufe den Orthopäden an. »Servus, da ist die Minnie Mayrhofer. Der Gustl Romberger bräuchte eine Verlängerung für die Krankengymnastik. ... Doch, er macht noch ein bisserl weiter ... ja, ich hol es nachher ab.«

Unter bösen Blicken vereinbare ich eine neue Terminserie beim Krankengymnasten, dann lege ich das Handy zur Seite. Grinsend meine ich: »Übrigens: Den Rat von der Kreuzpointnerin, zum Heiligen Sebastian zu beten, kann ich toppen. Nimm besser den Heiligen Jakob, das ist der Schutzpatron der Pilger. Das sind die, die sehr, sehr weit gehen. Zum Beten reicht allerdings schon ein Besuch in der St.-Jakob-Kirche.«

Eine Antwort bekomme ich nicht, daher wechsle ich zu dem Thema, das der Gustl lieber mag: »Also, was ist jetzt mit Rudis Alibi?«

Gustl schweigt bockig, es braucht noch etwas Geduld von meiner Seite. *Wenn ich eins weiß, dann dass mich ein eventueller eigener Zwack später mal nicht durch Gebockel zum Handeln zwingen wird, das sitze ich lässig aus nach der Übung, die ich mit Gustl und auch Alex habe.*

Bis sich mein Ersatzvater wieder fängt, betrachte ich ungerührt und kritisch die beiden Töpferobjekte. Sie sind mir gut gelungen. Nun heißt es hoffen, dass keine Verunreinigungen in der Glasur waren, die nach dem Brand sichtbar werden. Andererseits müsste es schon saublöd hergehen, wenn man solche auf dem Grünbraun des Welses oder den Schuppen des Hechts erkennen kann. So eine Tarnfarbe hat mehr Vorteile, als man denkt. Ich drehe mich um und trage den Wels in den Ofen. Der Hecht folgt dem Kollegen in Ofen Nummer zwei.

Schließlich hält der Gustl es nicht mehr aus. Das kenne ich ja. Er will die Neuigkeiten loswerden.

»Also der Rudi«, er räuspert sich wichtig.

»Ja, der Rudi – was ist mit ihm?«

»Der war beim Urologen.«

Ich warte geduldig. Der Gustl schleicht ein bisschen um den heißen Brei herum, und ich ahne, es ist ein unangenehmes Thema für Männer. *Aber was sollen wir Frauen da erst sagen? Unser halbes Leben besteht aus unangenehmen Themen.*

»Mei, es klappt halt nimmer so, wie er des gern hätte. Das haben manche Männer im Alter.« Von denen sich der

Gustl mit seinem Tonfall ausdrücklich distanziert. *Glücklicherweise, ich verzichte aufs Kopfkino – vielen Dank.*

»Weil er zu dick ist und keinen Sport macht.« Was so ein Arzt den Ermittlern alles mitteilt!

»Deswegen muss ein Mann in den besten Jahren schauen, dass er mobil bleibt und sich viel und leichtfüßig bewegt«, kann ich es mir nicht verkneifen. »Ich hol dir dann gleich das Rezept für die Krankengymnastik. Soll ich dich morgen hinfahren?«

»Na, ich kann schon selbst fahren«, grummelt er mit leicht rotem Kopf. Das Thema liegt uns beiden nicht, daher beenden wir es und gehen lieber in die Schranne, eine Brezel mit Kaffee genießen.

»Der Rudi hat also ein Alibi«, fasse ich zusammen. »Weiß man mehr von irgendwelchen Verflossenen der Corinna?«

»Ja, da gibt es zwei. Ein älterer Herr, der ihr wohl die Ausbildung finanziert hat, mit der die Eltern nicht einverstanden waren. Das hat sich danach aufgehört. Sie hat genug verdient, und er hat geschwitzt, dass es seine Frau doch noch rauskriegt. Nummer zwei, der jüngere Mann, hat auch kein Motiv. Das war nie was richtig Ernstes, eine Büroliebschaft, ein bisserl Sex nach Feierabend im Kopierraum zwecks der Spannung. Er hat dann den Job gewechselt und ist vor Kurzem Papa geworden.«

»Also spannender Sex war ihr schon wichtig«, überlege ich, in Gedanken bei der Staumauer.

»Und Geld«, setzt der Gustl hinzu.

»Wen haben wir um Oberaudorf rum, der beides bieten kann?«

Wir grinsen uns an. »Ja, woher sollen wir das denn wissen?«, sagen wir gleichzeitig.

»Die Rosenheimer Kollegen warten jetzt darauf, dass die Freundin aussagt, mit der die Corinna im Theater war.«

Gustl zeichnet bei »Theater« Gänsefüßchen in die Luft. »Die Freundin ist auf einer Dschungeltour in Guatemala und kommt übermorgen zurück. Da wird sie dann jemand vom Flughafen abholen und befragen.«

»Wo ist eigentlich dein Ermittlungsvertreter, Gustl? Nicht, dass wir den noch bräuchten, nachdem du wieder so mobil bist. Aber ich hab' ihn immer noch nicht kennengelernt.«

Gustl schüttelt verwundert den Kopf. »Erstens brauchen wir den Pangratz sehr wohl. Der leiert nämlich den Rosenheimern die Infos aus dem Kreuz für uns. Zweitens sagt er, er hat dich schon getroffen.«

»Wo soll denn das gewesen sein?«

»Das hat er nicht gesagt.«

Ich seufze tief. »Ist ja auch wurscht. Hauptsache, wir finden bald mal den Mörder. Außerdem nervt mich dieser Angler, der mich offensichtlich stalkt, und den ich nicht erwische.«

Gustl runzelt die Stirn. »Wie schaut er denn aus?«

»Kann ich nicht genau sagen, weil er immer so einen Anglerdätschi aufhat. Groß, ein paar Muckis, weiße Socken und Sandalen. Meinst du, er hat etwas mit dem Oberaudorf-Fall zu tun? Dort habe ich ihn schon einmal gesehen. Beim Seefest. Vielleicht ist er ein Verflossener von Corinna, die sich von ihm aushalten hat lassen. Da könnte dann Eifersucht ein Motiv sein. Nur, was will er von mir?«

Mein Freund wirkt nachdenklich. Er könnte ruhig ein bisschen mehr Angst um mich haben, wenn mich einer verfolgt. Das werfe ich ihm vor, er meint jedoch nur gelassen und eindeutig ironisch: »Tut mir leid, die Beschreibung hört sich sehr gefährlich an.«

»Mei, du weißt ja, den Serienkillern traut man ihre Taten auch nie zu, wenn man sie so anschaut. Nichtssagendes Gesicht, Allerweltsfigur. Und, schwupps, wirst du in einem Keller massakriert.«

»Keine Panik, die weißen Socken verraten ihn. Aber ich halte die Augen offen. Außerdem hast du schon den schlimmsten aller Stalker an deiner Seite.«

»Hey, Alex ist kein Stalker, nur ein kleiner Johnny Controletti.«

»Der, wann immer er kann, schaut, was du treibst.«

»Und was ist daran schlimm? Das endet manchmal recht nett.«

Nun vergräbt der Gustl ein leicht gerötetes Gesicht in den dicken Wurschtlfingern. *Ja, das kann ihm gern peinlich sein, wenn er schlecht über meinen Schatz redet.*

Nachdem ich das Gymnastik-Rezept für den undankbaren Mann organisiert habe, kehre ich in die Werkstatt zurück. Später ruft er nochmals an, er hätte mit seinem Spezl telefoniert. Wir treffen uns zu dritt demnächst abends auf ein Kennenlern-Glaserl. *Das hätte ich jetzt nimmer gebraucht, wenn mir einer so konsequent aus dem Weg geht, aber von mir aus, ich bin ja eine gute Wurschthaut.*

Magic Mischaäl

Nur noch maximal vier Wochen bis zur Entbindung. Toni wird sicher nicht über die berechnete Zeit kommen, sie ist der effektivste Mensch, den ich kenne. Da heißt es Anfang der Woche 40: »So mein Lieber/meine Liebe, genug gegen die Bauchdecke gehämmert und auf der Blase rumgetanzt. Mach dich auf die Socken in Richtung Ausgang.«

Und weil alle außer der Kati-Oma und der Marlene Tonis Autorität anerkennen, wird es genau so laufen. Inzwischen ist Toni sehr gelassen unterwegs, einzige Ausnahme: das Auf-die-Blase-Getrommel. Wir schaffen es mit viel Glück von der Backstube bis zu Alex' Wohnung oder, falls der Aufzug nicht gleich pariert, dann wenigstens bis in die Taverna. Also von Klo zu Klo.

»Falls der Zwack ab jetzt kommen mag, muss er nimmer beatmet werden. Wenn er oder sie ein paar Gramm weniger wiegt, holen wir das schon auf«, kommentiert Toni das für sie Wichtigste.

»Nervt dich das nicht allmählich, dass du immer rumgendern musst?«, necke ich kopfschüttelnd. »Sag mir doch einfach, was es wird.«

Sie lacht und winkt ab. »Wenn ich es dir verrate und mich daran gewöhne, dann verquatsche ich mich bei anderen.«

»Wie machen Basti und du das, sobald ihr zu zweit seid?«

»Wir sagen ›der Zwack‹ und lassen das Gendern sein. Zwack geht im Bairischen für alles.«

Ich gebe auf. So wichtig ist es mir auch wieder nicht.

Und weil sich der Geburtstermin und damit die Hochzeit nähert, ist auf einmal der Junggesellinnen- und Junggesellenabschied da. Das Gezicke in der Mädels-Chat-Gruppe hat sich in Grenzen gehalten, und ich gehe entspannt in einen sonnigen Maitag. Also beinahe, weil ich Alex aus dem Bett werfen muss. Die Männer haben ja ebenfalls einiges vor. Klugerweise haben sie die Sauferei vorverlegt, sodass Basti am morgigen Hochzeitstag in einwandfreiem Zustand an die Braut übergeben werden kann. *Also, passiv übergeben statt aktiv.* Man weiß ja nie, wie schnell er sie vielleicht in Richtung Entbindungsstation befördern muss.

Leider hat Alex wohl bei den Gläsern gestern irgendwann das Zählen eingestellt. Nach einem Kaffee und einer Breze – ganz trocken – ist er soweit wiederhergestellt, dass er zur Tür hinausfindet. Ich sause mit dem kleinen Koffer hinterher, den er vergessen hat. Da sind die Utensilien für den Tag drin: Bastis Kleidung, mit der er in der

Fußgängerzone rummeckern soll. Ein weites T-Shirt, das ihm bis zu den Knien gehen wird und auf dem einige Klugscheißer-Sprüche stehen: »Wenn's i ned woaß, woaß koana«, »Ihr lerntsas nia« oder »Hirnkastl-König«, »Zefix, heats zua!« und das Gemeinste für einen Sozialen: »Besser Gscheithaferl als Sozialer«. Dazu darf er eine Harry-Potter-Brille ohne Gläser tragen und die Verfehlungen der Leute in ein rotes Buch eintragen, auf dem steht: »Notizen vom Gscheit-Kramperl für den Nikolaus«.

Auf gut bairisch: Der Basti ist heute eine arme Sau, und ich hoffe, sein allgemeiner Ausgangs-Zustand ist besser als der meines Freundes.

Neugierig rufe ich bei Toni an, die lacht.

»Freilich, er hat schon gemeint, für ihn wird es weniger schlimm als für die anderen, weil alle außer ihm schlecht beinand sein werden.«

»Kluger Mann«, erwidere ich bewundernd und kündige Tonis Abholung in einer halben Stunde an. Das Auto mit der Braut von morgen steuert Anna. Die fährt Schulbus und ist Gewurle und Geschrei gewohnt, sie packt auch die Marlene. Und falls nicht, kann sie die im Gegensatz zu Minderjährigen unterwegs aussetzen. *Eigentlich eine tolle Ausgangslage für diesen Tag. Bin ich nicht eine grandiose Planerin?*

Es läuft tatsächlich gut. Wir fahren direttissima zu Rebecca, meiner Bekannten mit dem schönen Wintergarten am See bei Breitbrunn, und nehmen einen Brunch zu uns.

Toni soll zunächst einen wunderschönen Liebesbrief an Basti verfassen, warum sie ihn morgen heiraten will. Sie ist keine Autorin und natürlich nüchtern, daher fällt ihre schriftliche Erklärung ebenso nüchtern wie kurz aus: »Heiraten ist ein Muss, wenn man jemanden wie Basti gefunden hat.« Und mündlich folgt: »Und jetzt hab' ich Hunger, her mit dem Essen, sonst dreht's mich gleich weg.«

Während Toni nach einem Snack ihre Aromaöl-Therapie bekommt, zähle ich heimlich die geleerten Sektgläser der anderen mit. Nach der vierten Pulle für neun Frauen – minus Toni, zwei Fahrerinnen und mich, also für fünf – ziehe ich die Handbremse.

»Leute, wir sollten langsam mal den Nachmittag vorbereiten.«

Marlene kichert. »Erst gibt's was zu essen für Toni. Und einen Mittagschlaf. Wo ist der Sekt, Minnie?«

Ich schaue sie gespielt entsetzt an: »Ups, fünf Flaschen weg, wo sind denn die nur hingekommen? Hab' ich zu wenig gekauft? Das tut mir leid, Marlene.«

Sie hickst und schaut mich mit glasigem Blick an. »Soll ich noch welche besorgen?«

Garantiert nicht, sonst ist statt mit Toni feiern mit Marlene reihern angesagt.

Ich formuliere es höflich und entschlossen: »Nein, jetzt schieben wir mal ein paar Gläschen Wasser ein. Sonst ist der Tag noch schneller zu Ende, als du das gedacht hattest, meine Liebe!«

Sie zieht wieder den berühmten Schmollmund, der wegen des verschmierten Lippenstifts nicht ganz so erotisch wirkt.

Anna und die Fahrerin des zweiten Wagens, Lisa, helfen mir, die Karaoke-Gerätschaften auszupacken und aufzubauen. In der Zeit scrollt sich Marlene durchs Handy und zeigt uns Szenen von Bastis Tortur. Wobei ich finde, dass Alex gequälter aussieht. *Aber das kann täuschen, vielleicht ist da irgendwo eine grüne Beleuchtung vor der Schranne?* Dort biegen sich gerade ein paar Leute vor Lachen, denen Basti die Leviten liest. Und einige Zuschauer filmen.

Als Toni zurückkommt, will Marlene ihr die Bilder zeigen, doch ich konfisziere das Handy vorher. Mein Lohn ist Gegrantel der Brautschwesterzilla: »Hey, du bist so eine Zwiderwurzn, Minnie. Chill endlich mal.«

Ich ziehe mein Handy raus und knipse sie mit bösem Grinsen. Das Ergebnis halte ich ihr unter die Nase, was ein entsetztes Quietschen zur Folge hat. *Meiner Ansicht nach könnte sie auch so noch eine Misswahl gewinnen, ich habe allerdings keine so hohen Ansprüche.* Leise sage ich: »Das ist Tonis Tag, Marlene. Reiß dich zusammen und verdirb ihn ihr nicht, sonst geht das Foto schneller um die Welt, als du hicksen kannst.«

Sie schaut mich geschockt an, dann scheint etwas im alkoholgetränkten Hirn anzukommen. »Ich wollte nichts Böses machen, Minnie.«

»Das mag sein, aber es macht Toni sicher keinen Spaß zuzuschauen, wie Basti geschunden wird.«

»Was ist mit Basti?«, erkundigt sich meine Freundin, die Ohren wie ein Luchs hat.

»Ich sagte, es ist einfach schön, wie du Basti gefunden hast, damals am Christkindlmarkt.«

Lügen mag ich normalerweise gar nicht, doch die musste sein.

Sie lächelt verklärt.

»Ja, und das, obwohl ich ihn früher ned hab' ausstehen können. Dabei ist er so ein Süßer. Hoffentlich sind sie heut ned recht geschert zu ihm.«

»Besser Pole Dance angucken als gehunzt werden?«, erkundige ich mich grinsend. Sie lacht und nimmt es sportlich. Es ist so schön, dieses Vertrauen zwischen den beiden zu sehen anstatt unsinniger Eifersuchtsszenen.

»Na freilich, es sei ihm vergönnt. Der arme Kerl schaut seit Monaten zu, wie sich bei mir Dehnungstreifen vom Hals bis zum Knie ziehen und ich kurz vor dem Platzen bin. Wahrscheinlich ist es gleich so weit, aber ich hab' schon wieder Hunger, tut mir leid.«

»Das sind die Aromaöle«, tröste ich sie und schiebe ihr ein paar Häppchen rüber.

»Was ist denn jetzt geplant, Minnie?«, fragt sie und gähnt. Neugierig beobachtet sie ihre Freundinnen, die ein Tuch über die Anlage und den Fernseher geworfen haben und sie auffällig harmlos anlächeln.

»Ein bisserl Mittagspause, dann Action.«

Sie spannt den Bizeps an. »Nach einer Siesta kein Problem.«

Ich begleite sie zu einer weich anmutenden Couch, die unter einer Palme steht. »Hach, wie lauschig«, seufzt sie und liegt auch schon. »Minnie?«

»Ja, Toni?«

»Ist es arg fad mit mir als Braut bei einem Junggesellinnenabschied?«

»Wir haben doch gerade erst angefangen. Und findest du, dass eine von uns gelangweilt ausschaut?«

Nachdem eben wieder großes Gegacker von allen angesagt ist, die mit den Nasen im Handy von Sabina hängen – *ich glaube, ich muss alle Handys konfiszieren!* –, ist der Eindruck eher partymäßig. Aber Toni schläft sowieso schon. Eine knappe Stunde später ist sie putzmunter, was man von Marlene und zwei weiteren Mädels nicht sagen kann. Monster-Minnie weckt die Damen nach dem Abdecken der Karaoke-Anlage genussvoll mit einer sehr lauten Ansage.

»Und nun, meine Damen und Damen, präsentiere ich Ihnen die einzige und wunderbare Antonia Noch-Hundshammer-und-bald-Hartinger – The Queen of the Eighties.«

Eine kurze beabsichtigte Mikrofon-Übersteuerung bringt die drei dazu, sich schleunigst von den Liegen zu erheben, während sich Toni klatschend auf ihren Auftritt freut. Sie ist voll in ihrem Element, und ich nehme fleißig auf, wie sie sich mit vielstimmigem und schrägem Backgroundchor durch »I was made for loving you« und »99 Luftballons« grölt, »Just like heaven« und »Take on me« trällert, mit Hand auf dem Herzen. Sie sieht so niedlich aus, mit dem dicken Bauch über dem rosa

Tüllrock und der Prinzessinnenkrone. In dem Moment blinkt eine Nachricht von Basti auf. »Wie geht es meiner Maus? Sag ihr, ich lebe noch und liebe sie – egal, welche Fotos morgen durch Instagram geistern.«

»Ohne Worte«, schreibe ich zurück. Er bekommt einen kurzen Live-Mitschnitt.

»O Gott, wo seid ihr, darf ich kommen?«

»Ab morgen gehört sie ganz dir, heute noch uns. Halte durch!«

Toni winkt mir hektisch. »Minnie, jetzt wir beide.«

Ich gebe mein Handy an Rebecca weiter, der ich vertraue. Die Aufnahmen brauche ich später alle für ein Erinnerungsvideo. Ein Schluck Sekt im Vorbeigehen – den hatte ich hinter der Palme versteckt – muss sein. Dann geht es für mich ans Eingemachte: »Girls just wanna have fun«, »Relax«, »Ich will Spaß« und natürlich in der Gesamt-Girls-Band mit viel Getrommel und Gestampfe »Afrika«, »Come on, Eileen« und als reines Toni-Minnie-Finale: »I will always love you«. Mit dem Song hätten wir die Charts stürmen können, wäre er von uns gewesen.

Peinlicherweise – *obwohl, was soll's* – hält Rebecca mit der Kamera voll auf uns, als ich Toni meine Liebe gestehe: »I will always love you und gebe dich nur unter Protest ab, weil du so einen guten Kerl gefunden hast.«

Als ich ihr Bastis Nachricht zeige, fließen die Tränen. Bei ihr, bei mir und der ein oder anderen Sekt-Drossel.

Der Rest des Abends läuft noch wie geplant – zunächst: Toni macht wieder Siesta, wir richten das Essen an. Dann folgt das Krimi-Dinner. Das Setting: Wir befinden uns auf einem Schiff, jeder übernimmt eine Rolle, Herr oder Dame. Wir spielen nach Drehbuch und müssen den Mord am Ersten Offizier auflösen. Es ist superlustig, wenn man sich darauf einlässt. Marlene erweist sich als Schauspieltalent, ich – *ausgerechnet* – bin ihr heimlicher Lover und damit auch der Mörder, was aufgelöst wird, nachdem alle ihren Tipp abgegeben haben. Niemand hat es erraten, also hab' ich wohl gut gespielt. *Hätte ich selbst raten dürfen – was als Mörder logischerweise nicht geht – wäre das anders ausgegangen!*

Nach dem Eis mit heißen Himbeeren bin ich geplättet. Toni sieht wacher aus als ich. Ich habe den ganzen Tag Angst gehabt, dass etwas schiefgehen könnte. Nun ist das Adrenalin weg, und die Mörder-Minnie *auszuzelt*. Es ist 20.30 Uhr, alle leben und lachen, Toni hat keinen Zwack geboren. Ich kann die Verantwortung an Basti abgeben.

Dachte ich.

Aber da ist ja noch die hyperaktive Brautschwester, die unbedingt eine »heiße« Variante ins Spiel bringen wollte. Und im Gegensatz zu mir ist sie plötzlich wieder fit und nüchtern. Sie gibt einen Trommelwirbel auf ein paar vollen Flaschen, was Rebecca zusammenzucken lässt.

»Und jetzt – bevor Toni eheliche Treue schwören muss – ein kleines Geschenk von mir an meine kleine Schwester. Ach was sag ich – an uns alle. Hier kommt der großartige … sexy … der einzige … the one and only … Magic Mike!«

Was soll ich sagen – der Abend kippt.

Der magische Mike kommt aus dem Rheinland und heißt Mischaäl, was man nicht gemerkt hätte, wenn er nicht versucht hätte, Toni anzubaggern. Die ist in Basti verliebt und mittlerweile todmüde. *Und eine todmüde Toni ist wie eine hungrige Toni, quasi ein gefährlicher Tiger.* Nachdem Mischaäl nach einem kräftigen Schubs merkt, dass er nicht landen kann, und Toni – im Gegensatz zu Marlene und Sabina – keine Scheine für seinen String vorbereitet hat – tanzt er nur noch für die beiden. Toni und ich verzupfen uns auf die Couch und träumen von unseren Männern. Dabei schwelgen wir in Erinnerungen, bis wir einschlafen. Irgendwann werde ich von einem »Ich glaub', mein Schwein pfeift« geweckt.

Basti kniet schmunzelnd vor seiner schlafenden Braut, während mein eifersüchtiger Lover dafür sorgt, dass Mischaäl mit Marlene abzieht. Nicht ohne sie an die Hochzeit am nächsten Vormittag zu erinnern. Dann kommt er grinsend zu uns.

»Ihr seid ganz schön früh hier«, meine ich gähnend. »Treten Pole Dancerinnen so früh überhaupt auf?«

Alex lacht. »Das könnte ich dich auch fragen, Minnie-Maus.«

»Weiß ich nicht. Mein Programm war um halb neun nach dem Krimi-Dinner zu Ende. Aber wir haben gedacht, wenn Marlene schon den Mike, sorry, den Mischaäl gezahlt hat, soll sie auch was davon haben.«

»Hast du auf meinen Basti aufgepasst, Alex?«, erkundigt sich Toni, die allmählich munter wird.

»Na ja, aufgepasst würde ich es nicht nennen«, meint Basti trocken, dann lachen beide. Mein Freund seufzt: »Minnie hat Basti ein Video geschickt, auf dem du für ihn singst, Toni. Wir mussten den Pole Dance verlassen und haben nach euch gesucht.«

Alex und ich schauen gerührt auf die Verliebten.

»Fahren wir heim?«, fragt Basti. Alex nickt.

Rebecca übernimmt schmunzelnd den Rest, Anna hilft ihr netterweise, und so löst sich der Junggesellinnenabschied auf.

»Hat es mit eurem Song geklappt?«, frage ich Alex leise.

»Ja, aber ich glaub' nicht, dass der Basti dabei mehr als ein Bier und einen Whisky intus hatte. Er meinte: ›Minnie vertrau ich ja, aber wenn die Marlene Unsinn macht und Toni das Baby bekommt ...‹.«

»Er hat eben eine gute Menschenkenntnis, unser Sozialer.«

Alex lacht und erzählt mir von Bastis Tag, während hinten zwei – oder drei? – Leute selig schlafen, damit sie für den nächsten Morgen fit sind.

Brautstrauß und Piranhas

In der Früh, als wir gerade alle mit unseren Klamotten, den dunklen Augenringen, einem genervten George und der besonders fragefreudigen, da nicht eingeladenen Kreuzpointnerin beschäftigt sind, ruft der Gustl an.

»Gustl, schlechtes Timing. Wir sind auf dem Weg ins Rathaus. Du nicht?«, frage ich etwas gehetzt. Ich finde den zweiten meiner Pumps nicht. Misstrauisch schaue ich meinen Hund an, der auf einmal mit geschlossenen Augen im Flur ruht. *Sehr verdächtig.* Normalerweise sitzt er aufrecht bei dem Gewusel – denn Alex taucht im Zwei-Minuten-Rhythmus auf, damit ich die schönste Krawatte auswähle.

»Hase, lass die Krawatte weg und mach einen Knopf mehr auf, das sieht viel lässiger aus.«

»Minnie, ich bin Trauzeuge! Und wir Männer müssen nicht einfach nur ein Kleid überwerfen.«

Er hat keine Ahnung, wie lange es bei den meisten Frauen dauert, bis sie sich zurechtgemacht haben, weil er auf einem niedrigeren Minnie-Level unterwegs ist. Aber sogar das beinhaltet bei einer Hochzeit Pumps, was mich wieder zu George bringt. Ich räuspere mich streng, ein Auge geht auf. Ich räuspere mich erneut, er hebt den Kopf mit einem leidenden Blick, und ich sehe den zartblauen Schuh blitzen.

»George, Süßer, wir kommen ja zurück, es ist alles gut«, beruhige ich ihn, während ich ihm vorsichtig die fast nicht zerkratzte Beute entwinde.

Dann höre ich eine Stimme an meinem Ohr. *Da war ja noch was.*

»Gustl?«

»Ja, doch, ich bin fast fertig, es fehlen nur die Schuhe. Die putzt die Traudl grad. Ich weiß auch ned, wo ich mit denen reingestiegen bin. Es stinkt greislig. Minnie, es gibt was Neues im Fall: Mein Spezl kennt einen Arbeitskollegen vom Freddy, der meinte, dass der nicht mehr lang in der Firma bleibt. Er hat neulich ein Jobangebot auf einer Messe in der Nähe von Salzburg bekommen.«

»Er will weg? Ja und? Was hat das mit dem Fall zu tun?«

»Warum erzählt er das ned?«

»Gustl, warum soll er von einem Jobwechsel erzählen, wenn die Frau seines Freundes umgebracht wurde? Das ist doch vergleichsweise unwichtig.«

»Ist es ned, falls der Freddy ebenfalls mit der Frau rumpoussiert hat.«

»Gustl, kein Mensch sagt heute mehr ›rumpoussiert‹. Ned mal in Bayern. Vielleicht in Wien.«

»Das Wort bassd a und basta. Der Kerl ist mir zu glatt.«

Witzigerweise läuft uns der Freddy direkt nach der Trauung über den Weg. Über die Feier rede ich jetzt nicht, weil ich endlich gerade nicht mehr heule.

Zusammengefasst: Das Wetter ist sonnig, die Amtshandlung im Rathaus war wunderschön trotz der Kürze, die dennoch für mich zwei Taschentuchpäckchen zu lang war. *Ich finde, das sollte eine neue Einheit für die Stärke der Rührung werden: leicht gerührt – 0,5 TP, heftiges Schluchzen – 2 TP.*

Vor dem Rathaus steht die Fußball-AH Spalier. Ja, Alex und Basti sind nicht mehr in der 1. Mannschaft dabei, sondern bei den Alten Herren. Da wäre theoretisch die Verletzungsgefahr geringer. Leider nimmt aber auch die Trainingsbereitschaft ab und so das Verletzungsrisiko eher zu. Und irgendwann gibt's dann vom Arbeitgeber eins auf den Deckel – beim dritten gebrochenen großen Zeh, gerissenen Außenband oder Meniskusschaden.

Reis aufs Brautpaar rieseln lassen darf man heute nicht mehr, wegen der Sauerei, die weggemacht werden muss. Das verkürzt die Sache, weil nicht ewig im Spitzen-Dekolleté nach Körnern gekramt wird. Auf alten und erlaubten Brauch geachtet haben wir trotzdem: Toni trägt heute filigrane Silber-Ohrringe von mir (das Geliehene), unter dem Brautkleid versteckt sich ein blaues Strumpfband (das Blaue), das Basti heute hoffentlich einer wachen Toni ausziehen darf, und von ihrem jetzt Angetrauten hat sie eine wunderschöne Silberkette mit einem blauen Stein bekommen (das Neue).

Nun folgt die Aktion, auf die offensichtlich schon einige Damen gewartet haben: Toni wirft ihren Brautstrauß hinter sich. Ich ducke mich vorsichtshalber und beobachte Marlene und Maria, wie sie nach vorne hechteten. Schneller war allerdings Frau Hartinger, Bastis geschiedene Mutter.

»Ausgerechnet die«, zischt mir Traudl zu, die sehr schick aussieht – mit einer Abendrobe aus Indien an einem bayerischen Vormittag. »Warum hast du ihn dir nicht geholt, Arminia?«

»Weil er dann an jemanden verschwendet wäre, der nicht heiraten will?«, schlage ich vor.

»Ja, aber ausgerechnet die. Da hätt' ich auch hinlangen können.«

»Warum? Haben Gustl und du was vor, was ich wissen sollte?«

Sie schüttelt heftig den Kopf und wiederholt noch mehrmals fassungslos das Mantra: »aber ausgerechnet die, aber ausgerechnet die, aber ...«

Tonis Gesichtszüge entgleisen kurz, als sie ihren Brautstrauß in den Händen ihrer Schwiegermutter entdeckt, sie fängt sich jedoch schnell und schaut zu mir. Wir beginnen zu kichern, und Basti versucht, Toni zu beruhigen, damit das Lachen keine Wehen auslöst.

Dann geht es im hupenden Auto-Corso durch die Stadt, die Serpentinen hinauf und nach Edling. Vor der *LandWirtschaft* wartet ein Sektempfang auf uns. Und endlich fühle ich mich ruhig genug für ein Glas, zur Sicherheit verdünnt mit Orangensaft.

Alex kommentiert trocken: »Übertreib's ned, Minnie.«

Dort treffen wir Freddy, der im Restaurant eben gegessen hat und nun mit auf das Brautpaar anstößt. Danach stellt er sich zu uns, während Toni und Basti Glückwünsche und Geschenke entgegennehmen.

Gustl gibt mir taktische Zeichen. *Würde ich die befolgen, müsste ich Freddy k.o.-schlagen und/oder skalpieren. Genau kann ich sie nicht deuten. Ich versuche es zuerst mal mit fragen.*

»Übrigens, Freddy, wir haben gehört, dass du Oberaudorf verlässt.«

Er schaut uns mit gerunzelten Augenbrauen an.

»Wer sagt denn sowas?«

»Puh, weiß ich nimmer«, schwindele ich. »Es hieß, du hast einen neuen Job.«

»Ach so, das. Das ist noch ned sicher. Deshalb weiß das fast keiner. Wenn dir einfällt, wer es erzählt hat, Minnie – das würd' mich schon interessieren. Und bitte, behaltet es für euch.«

»Weil es noch nicht sicher ist?«, hake ich freundlich nach.

»Ja, und weil ich noch ned gekündigt hab. Das könnt blöd ausgehen, falls das Neue nicht klappt.«

Das verstehe ich absolut und sage ihm daher mein Schweigen zu.

»Und falls es klappt, wo geht es dann hin?«

»Nach Wien«, meint Freddy und lächelt endlich. »Raus aus dem Dorf in eine Großstadt.«

»Rosenheim ist dir zu klein?«, fragt Alex schmunzelnd, und Freddy nickt.

»Und Oberaudorf erst recht.«

»Wien ist schön. Aber dort leben? In einer Millionenstadt? Das muss man mögen«, und das trifft auf mich nicht zu. Ich bin glücklich in einer Kleinstadt, nur fünf Minuten von Wäldern, Feldern und Seen entfernt. Freddy hat eben andere Vorlieben.

»Mei, ich geh gern mal in einen tollen Club. Da gibt es in Wien andere Kaliber als hier. Und die Kulturangebote sind enorm.«

Alex und ich nicken.

»Deswegen hast du dich mit der Corinna gut verstanden, oder? Der ging es ja wohl ähnlich?«

Irgendwie wirkt er bei meiner harmlos gemeinten Frage etwas angespannt, antwortet jedoch nach einem fast unmerklichen Zögern ruhig: »Ja, schon. Sie hat mir leidgetan, weil sie sich getäuscht hat. Sie dachte, sie biegt den Simmerl so hin, wie sie ihn braucht. Aber dessen Füße sind in Oberaudorf festgetackert. Der geht da nie weg.«

»Ja, sowas muss man halt vor der Heirat klären. Genauso wie die Frage, ob man Kinder will, oder nicht.«

»Ja, das seh ich auch so, Minnie.« Er lächelt mir zu und meint dann: »Ich pack es jetzt. Morgen früh will ich angeln gehen. Viel Spaß bei der Feier.«

Die dauert tatsächlich bis zwei Uhr nachts. Allerdings weder für das Brautpaar noch für Alex und mich. Wir liefern die Eheleute Hartinger zuhause ab, sammeln George am Inn ein und freuen uns auf einen ruhigen Sonntag, den wir wieder im Austragshäusl in Oberaudorf verbringen, denn Alex hat sich den Montag freigenommen.

Das machen wir nicht aus morbidem Interesse – *ehrlich nicht* –, sondern weil dem Brauer-Hof die Gäste weggebrochen sind.

»Solange sie nicht eine hundertprozentige Aussage der Polizei haben, dass wir keine Mörder sind ...«, hat das Reserl traurig und wütend zugleich gesagt. Wir unterstützen die Brauers also finanziell und auch durch Werbung, da ich fleißig in Social Media Bilder poste. Außerdem sind wir wirklich sehr gerne in den Bergen.

Zuerst wandern wir allerdings auf der anderen Innseite von Nußdorf ein wenig die Rückseite des Samerbergs hinauf. Als wir nach drei Stunden gerade wieder beim Auto ankommen, ruft Kilian an.

»Ich hab' gehört, ihr seid heute da. Sollen wir nachher ein Bier oder Glas Wein zusammen trinken? Ich käm' zu den Brauers rüber. Muss nur erst an den Fischweihern füttern. Eigentlich wär der Rudi dran, aber der hat gemeint, er braucht Hilfe. Wobei auch immer ...«

Alex schaut mich an, ich nicke. Ein Blick auf die Uhr sagt uns, dass wir noch Zeit haben, einzukehren.

»Dann so um halb acht auf dem Hof?«

Kilian ist einverstanden.

Wir besorgen zwei Flaschen Cabernet Sauvignon an der Tankstelle, denn Kilian hat hundertprozentig nur Bier oder süßen Riesling. Anschließend kehren wir in Flintsbach zum Abendessen ein, es gibt neben Kässpatzen sogar Spinatknödel. *50 Prozent mehr Angebot für uns Vegetarier, wenn ich unfairerweise die Pommes und den Salat nicht mitzähle.* Auf dem Weg nach Oberaudorf springen wir in den Weiher, an dem wir vor wenigen Wochen gegrillte

Fische serviert bekamen, bevor wir uns den Berg hinaufschrauben.

Auf dem Brauer-Hof steppt der Bär im Stall, wo Simon und Babsi mit einer gebärenden Kuh beschäftigt sind.

»Des kann dauern«, meint das Reserl und setzt sich zu uns vor das Haus. Es wird acht, dann halb neun Uhr. Kilian ist nach wie vor nicht da und geht auch nicht ans Handy.

Das Kalb ist mittlerweile auf dem Weg an die frische Stallluft, ziert sich aber noch etwas. Als wir erneut nachschauen, kommen wir im richtigen Augenblick: Die Vorderbeine und der Kopf des Kalbes sind schon zu sehen. Simon und Babsi beginnen an den Beinen zu ziehen. Das Kalb flutscht aus der Kuh heraus. Ich mag gerade nicht daran denken, dass Toni Ähnliches vor sich hat. Und ich weiß nur zu gut von einem Film über eine menschliche Geburt, dass wir die Schmerzen nicht so klaglos ertragen wie die Kuh. *Ob es mehr wehtut?*

»Ich will keine Kinder, Alex. Zumindest nicht selbst bekommen!«, sage ich entschlossen. Die völlig verschwitzt aussehenden Geburtshelfer lachen, doch mein blasser Hase nickt heftig beistimmend.

»Ob der Kilian es sich anders überlegt hat?«, frage ich Simon.

»Normal ist der immer dabei, wenn wir bei einem Bier zusammensitzen. Er sollte dem Rudi helfen, sagst du?«

Er wischt sich mit einem nicht mehr sauberen Handtuch den Schweiß von der Stirn. »Ich muss erst einmal duschen, dann kann ich ja mal zu den Weihern hinter fahren.«

»Oder wir fahren derweil«, schlägt Alex vor, der den Stall gern verlassen möchte. Ich dagegen finde es schon nett, mit anzuschauen, wie die Kuh ihren Nachwuchs trocken leckt, während Babsi den Saustall im Kuhstall aufräumt.

»Können wir machen«, stimme ich trotzdem zu.

Zehn Minuten später kommen wir bei den Fischweihern an. Vor dem Vereinshaus stehen die Wagen von Rudi und Kilian.

»Kilian? Rudi? Wo seid ihr?«, ruft mein Freund in die mittlerweile fast dunkle Nacht. Rundherum ist es still, bis auf die Geräusche aus dem Wald. Es knackst und raschelt, und sogar das Klischee »Käuzchen ruft sein Uhuu« erfüllt sich.

»Vermutlich trinken die ihr Bier hinterm Haus zusammen«, seufzt Alex. Aber in mir steigt diese berühmte Minnie-Ahnung empor – vielleicht ein Erbteil meiner wahrsagenden Mutter? Ich mag die Bezeichnung »Ahnung« nicht, finde »Riecher« realitätsnäher. Ein Schauder läuft über meinen Rücken, der nichts mit den zugegebenermaßen gruselig klingenden Lauten der Tiere zu tun hat. Wir betreten das Areal durch das Gartentor, das ausführlich einen Ton zwischen Quietschen und Trommelfellmalträtieren von sich gibt. *Wie in diesen Thrillern, wo der Zuschauer dem Helden raten will: »Geh nicht hinein! Wie kannst du nur so dumm sein! Das geht böse aus.«*

»Äh, Alex«, sage ich zögernd.

Er dreht sich um und leuchtet mir ins Gesicht.

»Was ist? Warum schaust du so komisch?«

»Weiß nicht. Lass uns vorsichtig sein, okay?«

Er mustert mich, dann nickt er schweigend. Was sich dank der vergangenen »Fälle« glücklicherweise erledigt hat, ist der Spott vonseiten meines Liebsten.

»Und leuchte woanders hin, damit ich die Augen wieder aufmachen kann!«, füge ich energischer hinzu.

Wir schleichen hintereinander, der Spur von Alex' Handyleuchte nach, um das Eck des dunklen Vereinshauses. Auf der Holzterrasse ist niemand zu entdecken. Wir hören den Bach rauschen, der als zweiter Wasserweg neben den Becken herläuft. Ein Geräusch, das sonst so angenehm und sogar friedvoll klingen kann. Jetzt kommt es mir eher bedrohlich vor.

»Stopp!« Beinahe wäre ich auf Alex aufgelaufen. Als ich neben ihn trete, sehe auch ich einen Eimer vor uns am Boden, eine Angel liegt direkt daneben. *Kein gutes Zeichen, denn welcher Angler schmeißt sein Werkzeug so mitten auf den Weg. Das verheddert sich ja nur zu gern, spätestens wenn einer darüber fällt.*

Wir tun Schritt um Schritt – ganz vorsichtig. *Wo sind Kilian und Rudi nur?* Alex leuchtet weiter voraus. Ein umgefallener Futtereimer befindet sich auf dem Weg zu den Becken. Ein Schwung der Pellets ist rausgefallen und durch die Nässe auf dem Weg bereits aufgequollen.

»Gar nicht gut«, murmele ich vor mich hin.

»Da!«, kommt es von meinem Freund. Der grelle Lichtschein erfasst das nächstliegende Becken und den schmalen Weg um dieses herum.

Und dort sehen wir eine Gestalt liegen, auf dem Bauch – reglos.

Nach einem entsetzten Aufkeuchen und einer kurzen Überwindung begeben wir uns schleunigst dorthin: Es ist Kilian. Ein lebender Kilian glücklicherweise, mit einem großen Horn am Hinterkopf. Dieses stammt vermutlich von einem Schlag mit dem Brett, das neben ihm liegt. Wir drehen ihn behutsam auf die Seite. Ein schmerzerfülltes Stöhnen übertönt das Rauschen von Bach und Käuzchen.

»Kilian, wir sind es, Alex und Minnie. Kilian, wach auf. Was ist passiert?«

Unser Freund reagiert nicht, seine Augen bleiben geschlossen.

»Wenig Blut«, kommentiert Alex, der mal bei der Wasserburger Feuerwehr war und schon ganz anderes gesehen hat. »Nur aufgeschürft. Aber sicher eine Gehirnerschütterung.«

Ich ziehe meinen Rundschal über den Kopf, tauche ihn in den Bach und drücke ihn vorsichtig zum Kühlen auf das Horn.

»Ich ruf den Krankenwagen«, beschließt Alex und fängt an, ins Handy zu tippen.

»Und die Polizei.« *Immerhin ist Kilian nicht durch eine Unachtsamkeit zu dem Horn gekommen. Das Brett hat meiner Ansicht nach ein anderer in der Hand gehabt.*

Ich wage es, »Rudi?«, zu rufen, was Alex zusammenzucken lässt.

»Was denn? Wer auch immer das war, ist nimmer hier oder geht bestimmt ned gegen zwei Leute vor.«

Nachdenklich füge ich hinzu: »Ob es der Rudi war?«

»Dann wird er nichts sagen und ist wahrscheinlich längst weg«, ist die logische Schlussfolgerung von Alex, nachdem auf einen erneuten Ruf von mir ebenfalls keine Antwort folgt.

»Sein Auto steht vor dem Haus, Alex«, erinnere ich ihn.

Unbehaglich sehen wir uns an. Wir haben beide keine Lust, hier im Dunkeln herumzueiern. Andererseits ...

»Wir müssen schauen, Alex. Was, wenn der Rudi hier irgendwo schwer verletzt liegt? Und stirbt, während wir auf den Krankenwagen warten?«, entscheide ich entschlossen.

»Du hast recht.«

Trotzdem macht er zuerst noch den Anruf bei der Polizei. Mein Handy habe ich im Wagen gelassen, deswegen warte ich ungeduldig, bis er am Telefon erklärt hat, wo und wer wir sind, welcher Notfall vorliegt, und dass der Sanka schon auf dem Weg ist.

Meine Augen haben sich mittlerweile an die Dunkelheit gewöhnt. Ich umrunde mutig das nächste Becken. *Es wird mich kaum einer niederschlagen, solange Alex in Sichtweite ist. Wahnsinn – was alles seit unserem ersten Besuch hier passiert ist.* Ich kann mich noch vage daran erinnern, wie die Gegebenheiten sind. Am hinteren Ende des letzten Beckens befindet sich ein Abfluss mit einem hochziehbaren Brett. Dort hindurch werden die Fische, sobald sie groß genug sind, in den Bach entlassen, der in den Stausee mündet.

Erstaunt sehe ich, dass das Brett herausgezogen ist. Und nach den nächsten beiden Schritten weiß ich auch, warum das Wasser dennoch nicht abläuft. In der Öffnung steckt nämlich der Kopf eines Mannes. Sein Körper liegt im Becken, um ihn herum wurlt es geradezu.

»Alex!«

Er ist gleich da. Entsetzt starren wir auf das Bild vor uns.

Nun sind wir wirklich in einem Horrorfilm gelandet: Was sich da bewegt, sind die Forellen, die den Rudi annagen. Das Käuzchen schreit wieder, hinter uns hören wir den Kilian stöhnen.

»Was machen wir?«, fragt Alex unsicher. »Dürfen wir ihn bewegen? Wegen der Spuren meine ich.«

»Und wenn er noch lebt? Mach ein paar Fotos, schnell. Dann ziehen wir ihn raus. Die Fische machen Spuren ja ebenso kaputt.«

Weil es mir so vor den Fischen graust, *ich glaube, die esse ich demnächst auch nicht mehr,* springt Alex ins Wasser. Er zieht an Rudis Schultern. Als der Kopf nicht mehr in dem Abfluss steckt, lasse ich das Brett runter. Wer weiß, ob es sonst Spuren wegspült. Oder Forellen, die Indizien gefressen haben. *Nein, keine Fische mehr auf den Teller, Minnie!*

Gemeinsam mühen wir uns ab, bis der gewichtige Mann in pitschnassen Klamotten neben dem Becken liegt. Er ist eindeutig tot, eine Wiederbelebung sinnlos bei der bläulichen Gesichtsfarbe.

Alex eilt zu Kilian zurück, während ich den armen Rudi betrachte. Ich zittere, denn er ist gruselig anzusehen. Am Hals hat er offene Stellen. Teilweise vermutlich, weil er gewaltsam in das Loch gesteckt wurde, zum anderen wegen der Kannibalen mit Flossen. Wie hat es jemand geschafft, ihn da hineinzubringen? Eine Beule wie bei Kilian sehe ich nicht. Ebenso wenig eine andere Verletzung wie eine Schuss- oder Stichwunde. Die wasserdichte Jacke hat kein

Loch. Er hätte sich mit Sicherheit gewehrt. Da bleibt nur: Gift oder Trunkenheit als Hilfsmittel für den Mörder. Denn dass der Rudi ermordet wurde, scheint klar.

Mir ist sehr unwohl zumute, beim Nachdenken über so viel Gewalt. Daher kehre ich zu Alex und Kilian zurück. Letzterer ist immer noch nicht zu sich gekommen. Kurz überlege ich noch mal: Könnte er den Rudi umgebracht und sich selbst so dermaßen heftig k. o. geschlagen haben? Ich erinnere mich an die Aussage vom Reserl, dass ihm die Corinna auch gefallen hat. Nein, sich selbst so kräftig am Hinterkopf mit dem Brett verletzen – unmöglich.

Irgendwo ist da ein Haken an der Sache – ein Mords-Haken!

Sirenengeheul übertönt das Käuzchen und das Wassergeplätscher, eine knappe Minute später sind der Sanka und zwei Polizeifahrzeuge da. Ein sehr junger Beamter, der beim Fund von Corinna nicht dabei war, fängt an zu würgen, als ich erzähle, wie wir Rudi gefunden haben.

Die Kathi, die wir bereits kennen, meint: »Ihr habt alles richtig gemacht, Minnie. Freilich werden die Kriminaler nicht glücklich sein, dass die Leiche bewegt worden ist. Doch es geht vor, dass man nachschaut, ob einer noch lebt.«

Ihr Kollege Roland organisiert das Anrücken der SpuSi. Der Rettungswagen nimmt den Kilian mit, nachdem die Beamten des zweiten Wagens den Fundort markiert und fotografiert haben. Mal mit Kilian und den Rettungskräften, mal ohne.

Es folgt das übliche Prozedere: Unsere Aussagen werden aufgenommen, dann dürfen wir – ich bibbere allmählich schon vor Kälte – zum Brauer-Hof zurück.

Dort nehme ich den Schnaps vom Reserl gerne an. Mehr gegen das Eis in meinem Inneren. *Wie grausam muss ein Mensch sein, dass er einen anderen – ob tot oder noch schlimmer bewusstlos – in so ein Loch steckt und den »wilden Fischen« zum Fraß vorwirft?*

In dieser Nacht schlafen wir gar nicht. Ich bin völlig durch den Wind. Das ist mir erst einmal so gegangen, nämlich als Alex vermisst wurde. Damals im Fall der Mords-Goschn.

»Es geht mir echt an die Nieren. Der Rudi war ned mein Fall, aber das …«, sage ich zu meinem Freund, der seinen Arm um mich legt.

Um uns herum sitzen noch drei weitere schockbleiche Menschen. Das Reserl, Babsi und Simon sind zwar todmüde von einem anstrengenden Arbeitstag, doch auch sie sind zu aufgekratzt und entsetzt, um sich hinzulegen. Und Alex ist sehr stumm für seine Verhältnisse.

»Vielleicht ging es gar nicht um Corinna, und sie hat nur was mitbekommen«, meint Simon hoffnungsvoll, was die Lage für ihn praktisch gesehen nicht verändern würde.

»Tut mir leid, Simon, ich glaub' eher, es ist umgekehrt«, erwidere ich offen.

Er nickt seufzend. »Ja, du hast sicher recht, Minnie. Es wär halt leichter auszuhalten. Ein bisserl wenigstens.«

»Das versteh ich. Der Rudi hat dich erpresst, dann bestellt er den Kilian zu den Fischbecken. Warum?«

»Vielleicht wollte er ihm sagen, dass er mich für den Mörder hält«, ist Simons Vorschlag, dem ich widerspreche.

»Aber das hat er doch gar nicht. Hat er dir ja selbst gesagt.«

»Oder er wollt' einfach nur den Simon schlechtmachen?«, ist Babsis nicht ganz abwegige Idee, wenn ich an das tote Lästermaul denke.

Ein heißes Jobangebot

Noch mehr Spannung brauche ich jetzt wirklich nicht mehr, aber die Ermittlungen nehmen Tempo auf und bringen Licht ins Dunkel. Gleich nachdem wir am Montagnachmittag zu Hause sind, taucht der Gustl in der Werkstatt auf und erzählt: »Corinnas Freundin ist zurück aus dem Dschungel. Die Rosenheimer Kripo-Leute haben sie quasi am Flughafen abgeholt, heimgefahren und dabei befragt. Es war ein bisserl peinlich, weil ihr sogenannter Sponsor danebenstand und fast einen Herzinfarkt bekommen hat, als die Polizei seine Freundin ausgerufen hat.«

»Nicht mehr der Jüngste, oder?«

»Na ja, so mein Alter. Halt mit mehr Geld, sonst fahrt so ein Schickimicki-Hascherl ned auf Dschungeltour anstatt nach Hawaii.«

»Und was hat das Hascherl gesagt?«

»Erst einmal hat es recht geweint. Die Corinna war wohl eine Freundin seit der Schulzeit. Und dann ... halt dich fest.«

»Ist grad schlecht, Gustl, weil ich den Fisch aus dem Ofen hole.«

Schnell stelle ich den Wels ins sichere Regal, bevor ich mich Gustl zuwende.

»... und dann hat sie zugegeben, wer Corinnas Liebhaber war.«

Pause.

Gustls Augen glitzern, was mich verleitet zu sagen: »Der Freddy!«

Perplex und enttäuscht schaut Gustl mich an. Er hätte es mir schon gerne mit Tusch präsentiert und sich den Applaus für die Bestätigung seiner Vermutung am Hochzeitsmorgen abgeholt. Das tut mir jetzt auch leid, aber die Auswahl war ja nicht mehr so gewaltig. Er wirft die Hände in Richtung Himmel und stößt ein genervtes Stöhnen aus.

»Mei, also Minnie, das ist wirklich gschert. Wie kommst du darauf?«

»Der Freddy ist der Einzige, der in Oberaudorf Sinn macht. Sonst könnt es nur jemand von außerhalb gewesen sein, aber der wär aufgefallen.«

Gustl nickt und erzählt weiter.

»Ja, das seh ich auch so. Also, der Freddy hat doch das Jobangebot aus Wien.«

»Das noch nicht sicher ist!«

»Ich denke schon. Und die Corinna wollt mit dem Freddy gehen und den Simon verlassen. Laut ihrer

Freundin war sie überglücklich, dass sie aus Oberaudorf wegkommt. Die Beamten sind gleich darauf zum Freddy gefahren und haben ihn befragt. Er hat ein kurzes Techtelmechtel mit Corinna im Suff an einem einzigen Abend zugegeben. Mehr sei da ned gewesen. Und jetzt hat er Urlaub genommen, ist aber wohl ab morgen wieder da.«

Praktischerweise kommt er in die Höhle der Löwin, von der er nichts weiß. Er will zum Blinker-Kini.

Ich höre Freddys Stimme nebenan, wie ich gerade zufrieden den Wels betrachte. Er steht im blaulackierten Holzständer und wirkt mystisch gefährlich. Fehler fallen mir keine auf, die Färbung ist so geworden wie beabsichtigt. Nun habe ich eine grandiose Tarnung, um in den Laden zu gehen.

Ich packe mein Auftragsobjekt und spaziere hinüber.

»Theo, schau mal, was ich endlich ausliefern kann: Trara, Raubfisch Nummer eins«, sage ich harmlos und dann: »Ups, entschuldige, ich hab' gar nicht gehört, dass du Kundschaft hast. Ach, der Freddy, servus.«

Freddy grüßt freundlich und kommt näher, als ich den Wels auf den vorgesehenen Platz im Schaufenster stelle. Beide Fischprofis betrachten das grünbraune Monster mit dem Schlafzimmerblick neugierig und diskutieren jeden Fleck und jede Flossenspitze.

»Die Barteln sind nicht lang genug«, moniert der lügnerische Sportverkäufer.

»Sind in dieser Länge vom Auftraggeber abgenommen worden, da sonst die Gefahr eines Bruchs zu hoch wäre«, ist meine Antwort, die ein wenig gereizt ausfällt.

Freddy lächelt mich entschuldigend an. Seine blaugrünen Augen wirken harmlos, doch ich weiß es besser.

»Nicht böse sein, Minnie, ich kenn mich mit der Töpferei ned so aus.«

»Dafür mit den Frauen, oder? Ist ja auch wichtiger«, erwidere ich und grinse frech. Er schüttelt irritiert den Kopf.

»Ich hab' nie behauptet, dass ich wie ein Mönch lebe, aber was du damit sagen willst, ist mir ned klar. Hat eine von mir geschwärmt?«, neckt er mich mit einem flirtenden Lächeln.

»Nein, ich mein nur, weil die Corinna so wild auf dich war, dass sie für dich und Wien ihre Ehe sausenlassen wollte.«

Das Lächeln ist weg, jetzt schaut er grimmig. Und Theo ist eben einen halben Meter gewachsen.

»Was soll das heißen, Minnie?«, grollt er.

»Dass die Freundin der ermordeten Frau deines Neffen ausgesagt hat, dass Corinna was mit Freddy hatte und plante, mit ihm nach Wien zu gehen«, sage ich frank und frei von der Leber weg.

Freddy wird nun laut, der Flirter ist verschwunden. Die Augen sind zusammengekniffen, ich sehe ihr wütendes Glitzern trotzdem. »Ich hab' dir schon einmal gesagt, Minnie, dass es nicht stimmt.«

»Was stimmt nicht? Dass du sie mitgenommen hättest oder die Affäre?«

Er zögert, vermutlich fällt ihm ein, dass er der Polizei gegenüber diesen angeblichen Ausrutscher mit Corinna

zugegeben hat. Er wendet sich mit reumütigem Gesichtsausdruck an Theo: »Es tut mir leid, Theo. Es ist ein einziges
Mal passiert, wir waren beide betrunken, und sie hat es voll
darauf angelegt. Sie hat es später auch immer wieder
versucht. Ist mir an die Wäsche gegangen, sobald wir allein
waren, aber ich hab' nicht nachgegeben, hab' mich
ferngehalten. Mir war es so peinlich, ich hab' mich als
Verräter gegenüber dem Simon gefühlt. Aber ich hätte sie
niemals mitgenommen. Ich weiß doch, wie der Simmerl sie
geliebt hat. Es belastet mich schwer, dass ich meinen
Freund betrogen hab. Und ich bin froh, dass es raus ist.«

Der Theo ist keineswegs besänftigt. Kurz angebunden
sagt er: »Wenn du was bestellen willst, dann mach das jetzt.
Ich hab' ned ewig Zeit. Und das andere klärst du mit dem
Simmerl.«

Ich bleibe mit den Händen in den Hosentaschen meiner
Schlabberarbeitslatzhose stehen und beobachte Freddy,
wie er sich über den Katalog beugt. Er wirkt überzeugend
niedergebügelt.

Doch ein Gedanke lässt mich nicht los: Es ist nur ein Mal
im Suff geschehen? Das hat sich aber in der Aussage von
Corinnas Freundin anders angehört. Und wer hat dann mit
Corinna direkt vor ihrem Tod in ihrem Ehebett mit ihr
geschlafen? Einvernehmlich! Es muss der Mörder gewesen
sein. Wäre es Simon, hätte das der DNA-Vergleich schon
längst bewiesen. Ich brauche also die DNA von Freddy.

Die bekomme ich, als er den Bestellschein für eine Angel
unterschreibt. Meist klappt der Nachweis von
Hautpartikeln auf Papier, aber nicht immer. Und die
dürfen nicht zu lange rumpfludern. Netterweise wischt

sich Freddy nachdenklich über sein Kinn, als er überlegt, eine Plastikdose mit Haken zu kaufen. Er schaut sie sich genau an, während er sie in der Hand hält, kauft sie jedoch dann doch nicht.

Kaum ist er zur Tür raus, will Theo die Dose aufräumen. Ich hindere ihn rasch daran.

»Stopp, fass sie nicht an ...«

Ich flitze in die Werkstatt hinüber, hole einen sauberen Plastikgefrierbeutel und bin nach zwei Sekunden erneut bei Theo, der sich nicht bewegt hat. Er beobachtet neugierig, wie ich die Tüte über das Döschen stülpe, das Ganze auf links drehe und verknote.

»Ich bin beeindruckt, Minnie. Und was erhoffst du dir davon?«

»Ich trau Freddy nicht mehr. Auf der Dose ist seine DNA drauf, und die Polizei kann sie mit der vergleichen, die bei Corinnas Leiche ...« Nun schweige ich lieber, es ist hart für den Onkel.

Theo nickt jedoch. »Versteh schon, gute Idee. Gnade ihm Gott, wenn er wieder gelogen hat.«

Da bin ich mir ziemlich sicher. Aber wir müssen es beweisen, bevor er ins Ausland abzwitschert. Allerdings wäre für einen Mörder auf der Flucht ein Nicht-EU-Staat sinnvoller, um nicht ausgeliefert zu werden.

Die Tüte mit der DNA-Dose wandert über Gustl an seinen Spezl, der sie nach Rosenheim zu den Kollegen bringt. Natürlich lerne ich den Mann wieder nicht kennen. *Ist mir inzwischen wurscht, ich habe aufgegeben.*

Die nächsten Stunden bin ich sehr beschäftigt, denn ich will mehr zu dem Job in Wien wissen. Ich verbringe den Nachmittag, nachdem ich auch den gefährlich aussehenden Hecht an Theo übergeben habe, in meiner Wohnung. Ein großes Haferl heiße Schokolade steht vor mir, draußen ist es heute ungemütlich. Der Wind pfeift gerade über den Inn. Es ist halt doch erst Frühjahr. Ich klicke mich am Laptop durch die Sportfirmen in Wien. Da gibt es viele. Ich überlege einen Moment, wie ich es eingrenzen kann.

Die Firma war auf einer Messe in der Nähe von Salzburg, hat Gustl von Freddys Kollegen erfahren. Das Einfachste wäre, den Kollegen auszufragen, aber ich will Freddy nicht aufscheuchen.

Ich hole mir das Online-Veranstalterverzeichnis der Messe in Ried und finde so drei Firmen aus Wien. Auf deren Websites sind leider keine Angebote für Jobs in der höheren Organisation aufgelistet. Ebenso wenig bei den üblichen Online-Jobbörsen, denn die tauchen bei der Google-Suche noch auf, selbst wenn der Job bereits besetzt ist. Freddy könnte natürlich auch diesbezüglich gelogen haben, und es geht doch nur wieder um einen Verkäuferjob. Mein Gefühl sagt mir etwas anderes. Ich greife zum Handy und telefoniere mich als Jobsuchende durch.

»Ich habe gehört, dass Sie jemanden in der Geschäftsleitung suchen. Das hat mir ein Bekannter als Tipp von der Messe in Ried mitgebracht. Können Sie mir weiterhelfen? Ich träume schon so lange davon, nach Wien zu kommen.«

Die Telefondame der ersten Firma weiß von gar nichts. Ich werde zum Personalchef verbunden, der mir bestätigt, dass sie aktuell niemanden suchen, außer einen ITler, der den firmeneigenen Online-Shop auf Vordermann bringen soll.

Die zweite Firma bittet mich um Übersendung meiner Bewerbungsunterlagen, jedoch nicht für die Führungsebene, sondern für den Telefonverkauf – wegen meiner attraktiven Stimme.

Und wie immer ist es die letzte Möglichkeit. *Ich frage mich, was gewesen wäre, hätte ich in der anderen Reihenfolge mit den Anrufen begonnen. Da bin ich misstrauisch als Verfechterin von Murphy's Law: Wenn etwas schiefgehen kann, geht es auch schief. Demnach wäre es dann die erste Firma gewesen.*

Der Personalchef von Firma Nummer drei bestätigt mir, dass sie nach einer Unterstützung der Geschäftsleitung gesucht haben.

»Frau Weber-Wandtke hat allerdings auf eben der von Ihnen erwähnten Messe bereits Kontakte geknüpft. Und wir haben die Zusage eines jungen Mannes aus Oberbayern bekommen. Es tut mir leid. Aber senden Sie uns doch gerne die Unterlagen für den Fall der Fälle rein, dass es nicht klappt, wie erhofft.«

Den Namen des Oberbayern erfrage ich natürlich nicht, ich will ja niemanden argwöhnisch machen. Dafür finde ich ein Foto der Chefin auf der Website. So einfach kann Recherchieren sein.

Denn nun weiß ich, dass Freddys auskunftssparsame Bekannte Viola, die wir in Rosenheim getroffen haben, mit

Nachnamen Weber-Wandte heißt. Auf dem Imagefoto sieht sie aus wie ein sehr attraktiver Hai. Gestylt bis an die dezent gesträhnten blonden Haarspitzen und mit einem Schmuckstein auf der Damenkrawatte macht die durchtrainierte Frau im Hosenanzug den Eindruck, als könne sie jederzeit auf der Sportmodenschau ihrer Firma mitmachen.

Als Alex heimkommt, zeige ich ihm mein Suchergebnis. Er lacht, als er die Dame wiedererkennt. »Eine Klassefrau mit Biss, wenn auch nicht sympathisch, wie wir ja schon feststellen durften. Die verspeist einen wie den Freddy doch zum Aperitif.«

»Oder sie hat einen Gleichgesinnten erkannt, der ebenfalls voller Ehrgeiz ist.«

»Sie sieht nicht so dumm aus, als ließe sie einen jungen attraktiven Mann neben sich hochkommen«, wiegelt Alex ab und grinst: »Eher nur einen Teil von ihm.«

Ich muss lachen. »Der war nicht schlecht, Alex, leicht über deinem sonstigen schlechten Witz-Niveau.«

Er umarmt mich stürmisch. »Niveau wird überbewertet, Minnie. Lass uns duschen gehen und auf der Couch kuscheln.«

Mein Blick fällt noch einmal auf die Dame, bevor ich den Computer runterfahre. Hat sich Freddy wirklich auf etwas anderes als einen Job eingestellt? Hofft er so auf einen Aufstieg? *Und was hätte Corinna gesagt, wenn sie das rausgefunden hätte? Auf jeden Fall könnte es für den Freddy eine Mords-Partie werden, auch ohne Heirat. Bisher war es eine solche leider nur für Simons Frau.*

Gustl gibt meine Erkenntnisse weiter und berichtet, dass Kilian zu sich gekommen ist. Er wurde von der Intensiv- auf eine normale Station verlegt, was mich sehr erleichtert. Allerdings erinnert er sich nur an wenig.

»Er sagt, er hat euch erzählt, dass ihn der Rudi bei den Fischweihern gebraucht hätte. Er weiß noch, dass er hingefahren ist. An ein Auto kann er sich ned erinnern. Er hat den Rudi neben dem Becken liegen sehen, dann ist es zappenduster geworden.«

»Er war also zur falschen Zeit am falschen Ort?«

»Vermutlich. Ein zweites Auto hat keiner gesehen, der vorbeigefahren ist. Dafür hat die Polizei Fahrradspuren gefunden.«

»Es fahren viele mit dem Rad vorbei in die Berge«, wende ich ein.

»Fahrradspuren am Vereinsheim«, ist Gustls Antwort.

»Und die Angler kommen normalerweise mit dem Auto, damit sie die Fische in Kühlboxen heimtransportieren können«, füge ich nachdenklich hinzu.

»Gibt es schon was Neues von der Obduktion vom Rudi? Oder von den DNA-Spuren vom Freddy?«, will ich wissen.

»Von Freddy noch nix, aber der Rudi hatte Bier intus, mit einem Schlafmittel versetzt.«

Mir wird kalt. »Es war kein Affekt, sondern ein geplanter Mord!«

Das ist echt heftig! Gustl nickt und klingt besorgt: »So ist es, Minnie, also sei bitte ein bisserl vorsichtig, wen du befragst oder reizt.«

Gleich am übernächsten Tag taucht Freddy wieder auf, denn Theo hat die von ihm bestellte Angel geliefert bekommen und nach Kundenwunsch angepasst.

Freddy lächelt mich an, obwohl ich spüre, dass er auf ein Treffen mit mir gut hätte verzichten können. Ich lächle harmlos zurück und frage freundlich, wie der Stand mit seinem neuen Job ist.

»Das hat geklappt, ich kann nächsten Monat anfangen.« *Ja, das glaubst du, mein charmanter Freund. Ich keine Sekunde! Stattdessen bohre ich lieber in der Wunde.*

»Schade für Corinna, gell? Das hätte ihr schon gefallen.«

Er schnaubt wütend. »Wie oft denn noch, Minnie? Ich hab' es doch gesagt: Zwischen uns war sonst nix, keine Beziehung. Es ist nur einmal passiert, auf einer Feier, wo ich betrunken war. Und ich hätte sie nicht mitgenommen. Wegen Simon.«

»Oder wegen deiner neuen Chefin? Der Viola Weber-Wandte?«

Nun erstarrt er kurz, bevor er mich bitterböse ansieht. »Ich weiß ned, was du meinst!«

Ich bin froh, dass Theo nicht weit entfernt steht und aufmerksam zuhört. So kann ich gefahrlos weiterpiesacken. »Wann hat Corinna das mit Wien rausbekommen?«

Er stöhnt, doch ich bemerke seinen schnellen Blick zu Theo, der hinter der Theke hervorkommt. Freddy startet den Gegenangriff.

»Hört das eigentlich irgendwann mal auf mit der Fragerei? Es geht dich sowieso nichts an. Aber du hast ja den Ruf, dass du dich ständig irgendwo einmischst.

Manche Frauen können wohl ned anders. Vielleicht suchst du dir einen Job, der dich ausfüllt?«

Ich kann mir ein Grinsen nicht verkneifen, was ihn zu irritieren scheint.

Meint er wirklich, dass er der Traudl, der jahrelangen Verfechterin des Minnie-such-dir-einen-Job-Mantras mit seinem Kommentar das Wasser reichen und mich verstören kann?

Ausgeglichen wie ich bin, erwidere ich freundlich: »Ja, vielleicht mach ich das. Und bis dahin kannst du ja ruhig antworten. Oder steckt doch mehr hinter der Sache?«

»Es steckt überhaupt nichts hinter irgendwas«, explodiert er kurz. Er fährt sich entnervt mit der Hand durch die lässige Surferboy-Frisur, die danach einfach nur verstrubbelt aussieht, bevor er deutlich gebremster fortfährt: »Corinna hat mich bei einem Telefonat belauscht. Ich hab' ihr gleich gesagt, dass sie nicht mitkommen kann und dass ich das nicht will. Sie ist die Frau eines meiner besten Freunde. Irgendwann nach dem zehnten Nein hat sie es kapiert. Was sie wohl ihrer Freundin gegenüber nicht zugegeben hat.«

Er wirkt erschöpft, die blaugrünen Augen müde. Ich könnte ihm glauben. *Fast. Dagegen spricht das Zwicken in meiner Nase, das funktioniert ähnlich gut wie das Kribbeln in Gustls Riechkolben.* Es passt zu gut. Alternativ müssten wir nach einem auswärtigen Täter suchen, den es meiner Ansicht nach nicht gibt.

Theo und ich wechseln einen Blick. Ich sehe ihm an, dass er verunsichert ist. Denn Freddy ist eigentlich ein sympathischer Kerl – bis auf das Verführen der Frau seines

Freundes. Theo tut sich offensichtlich hart, seinem Anglerspezl mehr als diesen Betrug anzulasten. Ich angle auch gern, dazu brauche ich weder Made noch Teigköder, deshalb trieze ich meinen Verdächtigen weiter.

»Eine unangenehme Situation«, täusche ich Mitgefühl vor und lasse den erleichtert nickenden Freddy bei meinen nächsten Worten nicht aus den Augen.

»Was sagst du zu dem Mord am Rudi? Das ist doch unglaublich grausam. Und der arme Kilian wird krankenhausreif geschlagen.«

Freddy zuckt zusammen, schnauft tief ein. »Es ist entsetzlich. Und ich sag' dir ehrlich, Minnie, ich bin froh, dass ich bald aus Oberaudorf wegkomme. Ich werde nie wieder da oben angeln können, ohne an Rudi zu denken. Ich kann mir gar nicht vorstellen, wie furchtbar die Entdeckung auch für dich und Alex war.«

Er wirkt wirklich sehr bedrückt. Etwa zehn Sekunden, bis er auf seine Uhr sieht. *Und weiter geht es in der Minnie-Befragung für den Kurztrauernden.*

»Ja, es war echt heftig. Glücklicherweise ist jetzt der Kilian wenigstens wieder wach und kann sich erinnern. Er sagt, dass neben dem Auto vom Rudi beim Vereinsheim ein Radl stand, als er angekommen ist. Das muss vom Mörder gewesen sein, denn als Alex und ich kamen, war es weg.«

»Ein Mörder auf einem Radl?«, fragt Freddy spöttisch.

»Mhm, genau. Ein sportlicher Mörder halt. Und der Kilian hat das Radl erkannt.«

Wir schauen uns in die Augen. Sein Blick wird unruhig, er seufzt und sieht gespielt gelangweilt zu Theo hinüber, obwohl er mir antwortet. »War es so was Besonderes? Es schaut doch ein Radl in der Nacht aus wie das andere. Theo, bist du fertig mit dem Einpacken? Schön langsam muss ich los.«

»Hab's gleich. Brauchst noch irgendwelche Blinker dazu?«

»Nein, ich hab' alles. Ich komme bestimmt bald mal wieder nach Wasserburg und besuche dich.«

Er versucht, mich zu ignorieren, aber das klappt nicht. *Auch wenn ich nicht allzu groß bin, sagt mir der ein oder andere nach, dass ich eine strenge Ausstrahlung habe, sobald ich Verdächtige befrage.* Bei Freddy bin ich mittlerweile weit darüber hinaus, ihn nur zu verdächtigen. Ich spüre, wie sich in mir Wut breitmacht. Wut über diesen Mann, der mit hoher Wahrscheinlichkeit zwei Menschen getötet hat, um ungestört Karriere zu machen. Schluss mit vorsichtigem Heranpirschen, jetzt wird Tacheles geredet!

»Kilian ist sich sicher, dass es dein Rad war, Freddy! Gelb-blau gestreift, mit der speziellen Sportausstattung, dem tollen Lenker und dem formschönsten Sattel nach neuesten Forschungsergebnissen. Das konnte er gut erkennen, denn es war erst etwa sieben Uhr und noch nicht dunkel, als er ankam und du mit dem bewusstlosen Rudi an den Fischbecken warst.«

Kilian hat nichts dergleichen gesagt, er wusste nur, dass kein Auto dagestanden ist und er niemanden gesehen hat. Die Polizei erzählte von Reifenspuren mehrerer Fahrräder, das könnte jeder gewesen sein. Aber es ist zumindest ein praktischer Versuchsballon à la Minnie Mayrhofer.

Und der steigt auf, mit Spitzengeschwindigkeit.

Freddy sieht mich aus schmalen Augen an, der Mund wirkt verkniffen. In kühlem Ton sagt er zu Theo: »Wenn du die Angel verkaufen willst, dann jetzt. Ich hab' keine Lust mehr auf diesen Schmarrn mit den Verdächtigungen.«

Was er wohl in seinem mittlerweile sichtbaren Zorn nicht mehr auf dem Schirm hat, ist, dass Theo Simons Onkel ist, Corinna die ermordete angeheiratete Nichte und Kilian ein guter Kunde und Freund. Und daher ist das Plus der Anglerfreundschaft verspielt. Theo macht keinerlei Anstalten, die Angel schnell einzupacken, sondern fragt ebenso eisig: »Du hast zugegeben, dass du ein Verhältnis mit der Corinna gehabt hast. Mit Simmerls Frau! Das hast du früher immer geleugnet. Da frag' ich mich jetzt schon, ob auch das andere stimmt, was die Minnie sagt? Hast du wirklich den Kilian niedergeschlagen und den Rudi umgebracht? Und die Corinna getötet?«

In mir wurlt es, ich spüre, dass ich zu zittern beginne – vor Spannung. Was wird Freddy nun antworten? Denn Theo wird sich nun nicht mehr mit Wischiwaschi-Aussagen abspeisen lassen.

Trotz der mittelgroßen Kugelfischfigur schaut er nun bedrohlich aus. *Wusstet ihr, dass manche Kugelfischarten giftig sind? Sie gelten in Japan trotzdem als »spektakuläre Delikatesse«. Nur speziell ausgebildete Köche dürfen diesen Fisch in giftig und ungiftig auseinanderfiletieren. Ein Restrisiko bleibt, der Nervenkitzel lebe hoch!*

Wie ein solcher Fugu-Kugelfisch wirkt Theo jetzt.

Freddy scheint den Stimmungswechsel beim bisher freundlichen Fachverkäufer ebenfalls zu erkennen. Er hebt die Schultern und giftet in meine Richtung aber an Theos Adresse: »Schmarrn! Dass du einer solchen Märchenerzählerin glaubst, Theo, enttäuscht mich. Du kennst mich viel länger als die Minnie. Wie oft sind wir schon nebeneinander am Steg gestanden und haben gefischt? Na ja, dann behältst du halt deine Angel. Ich bin mir sicher, dass es in Wien auch ein paar gute Fachgeschäfte gibt. Servus beinand.«

Er dreht sich um und marschiert auf die Tür zu. Durch die spaziert allerdings eben jemand, den ich seit Wochen verzweifelt zu greifen versuche: der Angler.

Mir fällt die Kinnlade hinunter, denn der Mann wirkt heute ganz anders: Er trägt modische Kleidung. Keine weißen Socken in den Sandalen unter karierten Shorts, sondern eine lange Jeans und sportliche Sneakers. Darüber statt Schlabberlook ein schwarzes T-Shirt, unter dem sich Muskelmasse abzeichnet, die Bizepse können sich sehen lassen. *Das Kontrastprogramm zu den Socken und dem Anglerdätschi – ich fasse es nicht!* Der mächtige Kopf ist von dunklem, angegrauten Haar bedeckt. Seine markanten Gesichtszüge fallen mir auf, jetzt wo keine Tarnkappe tarnt. Von seinen grüngrauen Augen lenkt auch keine dicke Brille mehr ab. Nun zwinkert er mir zu, bevor er sich dem bösen Buben zuwendet.

»Ja, der Freddy!«, brummt er mit angenehmem Bass. »Hätt’ gedacht, du hast dich gschwind aus dem Staub gmacht.«

Freddy kommt an dem Mannsbild nicht vorbei. Seine Gesichtsfarbe wird bleich, die Stimme wackelt, als er es mit einem aggressiven und trotzdem zugleich mitleiderregenden Ton versucht:

»Fängst du auch noch an, Pangratz? Du kennst mich doch lang genug.«

»Schon! Aber das heißt ned, dass ned auch ein Netter zum Mörder werden kann, wenn der Druck hoch genug ist.«

Pangratz? Das ist Gustls Pangratz? Ich bin ja sowas von stockblind gewesen. »Der Pangratz war im Undercover-Einsatz und soll ein super Beschatter gewesen sein«, das waren Gerhards nur zu wahre Worte. *Der Mann hat mich mit seiner lächerlichen Tarnung abgelenkt.* Jetzt verbinde ich die Fäden zwischen dem Namen, den ich so oft gehört habe, und dem Mann, den ich dachte, nie getroffen zu haben. Dabei war er tatsächlich sehr oft in meiner Nähe: am See bei Oberaudorf, hier im Laden, bei diversen Treffen in der Stadt, ganz zu schweigen von der Parkhausgeschichte. *Er hätte ja wirklich einmal einen Pieps tun können oder sagen »Minnie, ich bin kein weiß bestrumpfter Stalker oder Verdächtiger, sondern Gustls Kollege. Wir sollen zusammenarbeiten.« Stattdessen mystisches und nerviges Auf- und Abgetauche. Na ja, er ist halt trotz der Undercover-Tarnung ein Angler und hält es wohl wie die Fische. Immerhin erscheint er diesmal im rechten Moment.*

Pangratz schaut allerdings gerade nicht so fröhlich verschmitzt drein wie bei den vorigen »Zufallstreffen«.

Freddy bleibt stehen, seine rechte Hand zuckt zur Jackentasche. Gustls Warnung kommt mir in den Sinn. *Na ja, ein bisserl gereizt habe ich Freddy möglicherweise schon, oder?*

Mir wird heiß, mein Herz beginnt flott dahinzugaloppieren. Hat er eine Waffe in der Jacke? *Bitte nicht!* Das würde überhaupt nicht ins Mörderprofil passen. Falls meine Vermutung stimmt, hat er bisher mit bloßen Händen, Kissen, Brett und Schlafmittel gemordet oder überfallen, nie mit Messer oder Pistole.

Pangratz hat Freddys Hand auch im Blick und sagt mit fester Stimme: »Meinst ned, dass es jetzt gut wäre, wenn wir miteinander zur Polizei gehen? Dort kannst du alles klären, weswegen du glaubst ungerechtfertigt verdächtigt zu werden.«

Freddy beginnt heftig zu atmen. Der ganze Mann bebt. Ob vor Wut oder Nervosität, weiß ich nicht. Aber leider beweist sich bei seiner nächsten Bewegung, dass er weiterhin vielseitig in der Wahl seiner Waffen ist. Er zieht tatsächlich ein Messer aus der Tasche. Pangratz tritt einen Schritt zurück, Theo und ich ebenfalls. Der Ex-Polizist versucht es nochmals mit Ruhe: »Freddy, mach keinen Schmarrn!«

Ich sehe mich hektisch um. Freddy hat mich vergessen, er ist völlig auf Pangratz konzentriert. Was kann ich tun, damit Gustls Freund nicht meine vorhergehende Provokation ausbaden muss? Ich werfe einen Blick zu Theo. Er hält bereits einen Fischknüppel in der Hand und nickt in Richtung Wand. Dort steht der Eimer mit verschiedenen Keschern. Behutsam ziehe ich einen mittelgroßen heraus.

Theo und ich schauen uns an. Und während Pangratz noch beschwichtigend auf Freddy einspricht, stürzen wir beide gleichzeitig nach vorne. Ich lege meine ganze Kraft in den Schwung – in Basketball war ich nicht schlecht – die Bewegung ist ähnlich. Ich habe gut geschätzt und gezielt: Mein Kescher stülpt sich wunderbar passend über den Kopf des Schönlings. Mehr Schaden, als der Kescher an der Frisur verursacht, richtet allerdings der Fischknüppel an. Theo lässt ihn mit Karacho auf das Handgelenk sausen, das das Messer hält.

Ein Schrei Freddys gellt durch den Laden. Die Blinker bimmeln im Takt, als der Holzboden bebt, weil der böse Bube mit Geschrei darauf kracht. An meinen Händen, die den Kescher halten, ruckt es ziemlich, aber ich lasse nicht los. *Kann bitte jemand was tun? Ich bin ja kein Hochseeangler, der schwere Thunfische gewohnt ist.*

Pangratz springt hinzu und hat wundersamerweise Handschellen parat. *Muss man die nicht abgeben, wenn man in Pension geht? Seltsame Gedanken in dieser hektischen Situation.* Die eine legt er Freddy am unverletzten Gelenk an, das andere Ende hängt er an die eiserne Stange, die als überdimensionierte Regenschirmleiste bombenfest an der Wand montiert ist. Lässig zieht er das Handy aus der Dreiviertelhose.

»Servus Kollegen, da ist der Pangratz Pelzer. Ihr könnt einen des zweifachen Mordes Verdächtigen abholen. Im Angelladen am Marienplatz. Ja, genau, bei der Krimi-Minnie, die in die Festnahme involviert war.«

Er zwinkert mir zu, und ich muss lachen. *Wie soll man so einer Marke von Mann böse sein, egal wie sehr er genervt hat?* Ich kann mir vorstellen, dass der Gerhard gerade im Dreieck hüpft, weil ich wieder einmal an der Lösung beteiligt bin und den Profis nur bleibt, den Verdächtigen abzuholen.

Theo legt mir die Hand auf die Schulter.

»Alles in Ordnung, Minnie?«

Ich atme tief ein, betrachte erleichtert den jammernden Doppelmörder an der Schirmleiste. Dann fällt mein Blick auf das Plakat mit dem Hochseeangler und seinem erlegten Riesenfisch. Kurz sehe ich stattdessen mich mit dem Kescher über Freddys Kopf dort hängen und beginne hysterisch zu kichern. Pangratz und Theo schauen mich verwundert an, aber ich erkläre es nicht. *Ich weiß, dass auch ich einen kapitalen Fang gemacht habe.*

Am Abend lässt Pangratz Pelzer eine Runde im *Queens* springen. Übrigens ist er in einer sehr lässigen schwarzen Lederjacke aufgetaucht, eine Sonnenbrille klemmt statt Kappe über der hohen Stirn. Die Lesebrille hängt am Ausschnitt des T-Shirts.

Es ist eine große Runde – mit den Menschen, die mir die liebsten sind, sowie mit den Oberaudorfern Kilian, Simon und Babsi und natürlich dem Blinkerkini Theo. Das Reserl ist bei Hof und Kalb geblieben. *Festgetackert in Oberaudorf, wie Freddy es mal von Simon gesagt hat.*

Den Job und die heiße Chefin kann der jetzt in der Pfeife rauchen, denn die Polizei hat mittlerweile sein Geständnis, das er voller Wut rausgebrüllt hat. Auf einmal waren es doch ganz schön viele Indizienbeweise, die mit dem Zeigefinger auf Freddy gedeutet haben.

Kilian hat sich nämlich, als sein Hirn wieder schmerzfrei funktioniert hat, tatsächlich an Freddys Rad am Vereinshaus erinnert. Die Polizei ist daraufhin in dessen Garage marschiert und hat eine Bierflasche im Flaschenhalter seines Mountainbikes sichergestellt. Schlafmittel im Bierrest, am Flaschenhals Rudis DNA, das hat dem Täter die arrogante Selbstsicherheit aus dem Gesicht gewischt.

Die Größe der Würgemale an Corinnas Hals passen auch perfekt zu Freddys Händen, außerdem gab es einen Treffer bei der DNA von dem von mir gesicherten Haken-Döschen: Freddy war derjenige, der noch Sex mit ihr im Himmelbett hatte. Anschließend hat er sie umgebracht. Hier ziehe ich es vor, ihm zu glauben, dass er das nicht vorhatte, sondern sie ihn mit ihrer Erpressung zum Äußersten getrieben hat. *Alles andere wäre zu gruselig-psychopathisch.*

Womit sie ihn erpresst hat, erläutert uns Pangratz. Gustl und ich haben richtig vermutet.

»Der Freddy hat sich auf der Messe mit der Frau eingelassen, die seine Chefin werden würde. Die verheiratete Viola Weber-Wandtke hat sich das schon recht nett ausgemalt, die Schäferstündchen mit dem sportlichen jüngeren Mann. Dazu hätte nicht gepasst, wenn Corinna an Freddys Seite und im zukünftigen Liebesnest aufgetaucht wäre. Ein solches war von der Dame bereits angemietet und mit Freddy ausgetestet worden, bei der Vertragsunterzeichnung mit Champagner.

Corinna wollte jedoch unbedingt mit und drohte Freddy bei dem einzigen und letzten Besuch in ihrem Schlafzimmer, seine Affäre mit der Weber-Wandtke an deren Mann zu verraten. Corinna wollte Wien, und sie wollte Freddy. So hätte aber der Deal nicht funktioniert, der Vertrag wäre gekündigt worden – Wien ade. Sie hat es nicht kapiert und nicht lockergelassen. Freddy konnte nicht zulassen, dass Corinna seine Träume begräbt. Er sagt, er ist ausgerastet, als sie ihn erpresst hat. Hat sie gewürgt, dann war sie still. Dass sie noch am Leben war, da ist sich der Pathologe sicher. Es hätten sich sonst keine Kissenfasern in der Lunge gefunden.«

Pangratz macht eine Pause, Simon ist kreidebleich, und ich spüre die Gänsehaut auf meinem ganzen Körper, als ich mir die Situation vorstelle: Freddy rastet aus, würgt Corinna bis zur Bewusstlosigkeit. Als endlich Ruhe ist, kommt er zu sich und realisiert, was er getan hat. Und gleich darauf, dass sie nach wie vor lebt. Seine Träume sind zerstört, falls sie aussagt. Ihre zwar auch, aber sie ist der rachsüchtige Typ. Und dann wandert Freddy vor Gericht und vielleicht sogar ins Gefängnis. So trifft er die Entscheidung, einen Mord zu begehen, denn Totschlag ist das ab sofort keiner mehr.

Meine Gedanken fasst Pangratz in Worte: »Dass er Corinna sicherheitshalber das Kissen aufs Gesicht gedrückt hat, hat er erst einige Stunden später gestanden. Er sei entsetzt gewesen, dass er sie im Affekt gewürgt habe. Doch wäre sie wieder zu sich gekommen, wäre alles aus gewesen. Das konnte er nicht zulassen.«

»Und Rudi hat irgendwas mitbekommen?«, frage ich.
Pangratz nickt.

»Rudi hat beobachtet, wie Simon beim Ablassen des Stausees die Kette gefunden hat. Dessen erschrockene Reaktion machte ihn neugierig. Er kannte die Kette, hatte sie an Corinna gesehen. Dass Freddy und Corinna was am Laufen hatten, wusste er, denn nachdem sie Rudi zurückgewiesen hatte, hat der ihr eine Zeit lang nachspioniert. Nach dem Mord an Corinna hat er versucht, zwei Fliegen mit einer Klappe zu schlagen. Er hat Simon erpresst, weil dessen Alibi so wacklig war und das Motiv durch den Fund der Kette so gut gepasst hat. Und gegenüber Freddy hat er behauptet, er hätte die beiden auf der Staumauer gesehen. Er musste nur eins und eins zusammenzählen.«

»Was wollte er dann mit Kilian an den Fischbecken besprechen?«

»Ihm ist unwohl geworden, dass er den Mörder einer jungen Frau davonkommen lässt. Er hatte vor, Kilian die Erpressung zu beichten, und sich beraten lassen, was er machen soll.«

»Also doch noch ein guter Kern in dem unsympathischen Erpresser?«, meint Alex nachdenklich.

Simon und Babsi wechseln einen Blick, er ergreift ihre Hand.

»Es ist unbegreiflich, was sich hinter meinem Rücken bei meinen Freunden abgespielt hat. Ich kann nicht fassen, wie blind, taub und stockblöd ich gewesen bin«, wirft er sich in bitterem Tonfall vor.

»So was Böses vermutet man ja gerade bei seinen Freunden nicht«, sage ich mitleidig.

»Und wäre deine Frau eine nette und treue Seele gewesen, wäre das alles gar nicht passiert. Hätt' sie ned mit der Erpressung angefangen«, sagt der Gustl ein bisschen zu selbstzufrieden. Das will ich so nicht stehen lassen.

»Na ja, klar ist die Untreue heftig, und die Erpressung war unter aller Sau. Trotzdem hätte sich ein anständiger Kerl nicht mit dem Mädel seines Freundes eingelassen, das gilt für Freddy und Rudi, denn der war ja auch hinter ihr her. Ich finde, da sind drei schlechte Charaktere zusammengekommen.«

»Und schon sind zwei tot und einer hinter Gittern«, ist das zufriedene Statement meines Recherche-Partners.

Alex und ich grinsen uns an.

»Auge um Auge, Zahn um Zahn – ich wusste gar nicht, dass du so antiquiert-konservativ unterwegs bist, Gustl? Ich hab' dich immer für vergleichsweise modern gehalten«, necke ich ihn, und damit taucht auf Simons und Babsis Gesichter endlich wieder ein Lächeln auf.

Pangratz unterbricht die Wendung ins Lockere und liefert die Fakten zu Mord zwei.

»Blöderweise stand Freddy neben Kilian, als Rudi den angerufen hat. Er wurde misstrauisch, radelte zu Rudi, der ihm auf den Kopf zusagte, dass er auspacken will. Freddy hat versucht, ihn zu beruhigen, ihm das Bier mit Schlafmittel verpasst und ihn vermutlich zugetextet, bis er weggeknackt ist. Und dann hat er ihn ertränkt.«

Es klingt seltsam, aber ich finde das noch schlimmer als das mit dem Kissen auf Corinnas Gesicht nach dem

Würgen. Liegt vielleicht an den knabbernden Piranha-Forellen. Doch das sage ich nicht laut.

»Als Kilian etwas zu schnell oben ankam und nach Rudi gerufen hat, hat Freddy ihn von hinten niedergeschlagen. Er musste ja sichergehen, dass Rudi tot ist und nichts mehr aussagen kann. Er ist abgehauen, hat das Rad daheim in die Garage gestellt und ist wie der Blitz zur Gemeinderatssitzung gesaust, wo sein Auto schon sichtbar geparkt war. Eine der Rathausmitarbeiterinnen hat ja auch dementsprechend ausgesagt, dass der Freddy schon eine Stunde vor dem Mord im Haus gewesen sein müsste.«

»Und weil er so ein braver Bürger ist, sitzt der Kerl nach einem Mord seelenruhig in der Gemeinderatssitzung. Es ist echt unglaublich!«

Trotz meiner Fassungslosigkeit wende ich mich Pangratz zu. Der lächelt mich an, das vergeht ihm allerdings bei meinen nächsten Worten. Wir haben nämlich noch eine Rechnung offen, der ständig flüchtende Angler und ich: »Jetzt mal zu uns beiden, Pangratz: Warum bist du mir dauernd aus dem Weg gegangen und hast dich nicht als Gustls Spezl zu erkennen gegeben?«

»Ich hab' keine Ahnung, was du meinst, Minnie«, tut der recht verwundert, doch Gustls Miene verrät mir, dass die beiden genau wissen, worum es geht. Ich versuche, ruhig zu bleiben und die Sache analytisch anzugehen. Trotz allem bayerischen Altherren-Charme und neuer Cop-Coolness fühle ich mich an der Nase herumgeführt.

»Der Gustl hat mir schon gleich nach dem Mord an der Corinna gesagt, dass du mal in den Laden kommst und bei mir vorbeischaust.«

»Das hab' ich, aber du warst ned da. Laut dem Theo hast du eine Führung im Heimatmuseum gemacht.«

»Später warst du am Inn unten, und von der Parkhausgeschichte will ich gar ned reden.«

»Da hast du kein Zeichen gegeben, dass du mich sprechen willst.«

»Schmarrn, der Alex ist zehn Minuten hinter dir her gehetzt.«

»Ja, wie soll ich das wissen, wenn er ned schreit? Ich schau doch ned dauernd nach hinten. Und hast du mal Stopp gebrüllt? Ich hab' dich immer nur winken gesehen. Und zwar kein Herwinken, sondern ein Servus-wie-geht's-dir-Winken. Und ich hab' zurückgewunken.«

»Manchmal kann man in Wasserburg schreien, wie man will, wenn grad Rush Hour am Zebrastreifen ist«, ist meine Begründung. *Obwohl er mit dem Rufen recht hat, spüre ich allmählich ein Köcheln in mir.*

Er hebt die Schultern, nimmt in Ruhe einen Schluck vom Guinness. »Ja, aber da kann ich doch nix dafür.«

Ich starre ihn argwöhnisch an. »Das waren schon sehr viele Zufälle, die soll ich dir alle abkaufen?«

Reinstes Gewissen zeigt sich auf seinem Gesicht, wenn man mal vom Schmunzeln absieht. Nun putzt er akribisch seine Brille. Die er wohl eher selten braucht.

Ich glaub', ich platze gleich. Der hat sich mit mir einfach einen Mords-Spaß gemacht.

Deshalb ändere ich die Strategie: Wem ich nämlich jedes Fitzelchen an innerer Regung ansehen kann, das ist der Gustl. Der zuckt zusammen, als ich mich zu ihm umdrehe. *Gut so!*

Ich werde lauter: »Hast DU mir was zu sagen? Ich hab' dir beschrieben, dass ich mich von dem Angler mit den weißen Socken verfolgt fühle, und überlegt, ob er ein Verdächtiger sein könnte. DU hast mich damit abgespeist, dass sich das nicht gefährlich anhört. Und ich hab' mich schon gewundert, warum du so wenig um mich besorgt bist. Du hast es genau gewusst, und ich besorg dir Schwindler auch noch ein Krankengymnastik-Rezept.«

»Das ich ned wollte«, redet sich der Gustl raus.

»Soll das die Entschuldigung fürs Schwindeln sein? Was habt ihr zwei euch bei dem Versteckspiel gedacht?«

Ich bin fuchsteufelswild.

»Geh, Minnie, jetzt schrei ned so. Du hast doch sonst so viel Humor«, versucht es der Gustl mit einem treuherzigen Lächeln.

»Ich komm' mir vor wie ein Depp. Der eine verschwindet ständig, und du klärst mich ned auf. Das war ned in Ordnung, aber so überhaupt gar ned!«

Die pensionieren Schlaumeier schauen sich betreten an, dann meint der Pangratz, die Hände gemütlich auf den Bauch gepackt, der im engen T-Shirt absolut nicht nach einer Bierwampe aussieht: »Sei ned sauer, Minnie. Ich geb' zu, es hat ein bisserl Spaß gemacht, mich verfolgen zu lassen. Und ich hab' auf diese Weise ein Auge auf dich gehabt, wenn ich in Wasserburg war, wie ich es dem Gustl versprochen hatte. Mehr war ja wirklich ned nötig.

Meistens hast du eh den Alex dabei gehabt, da waren wir beruhigt. Du ermittelst doch so gern und machst das echt spitze. Ansonsten haben der Gustl und ich dich mit internen Infos versorgt.« Er räuspert sich verlegen, vermutlich weil intern eben intern bedeutet.

Ich bin sprachlos. Der hat sich, unterstützt vom Gustl, nicht treffen lassen, damit ich allein ermitteln darf. Im Kreis der Anwesenden macht sich leises Lachen bemerkbar. Klar – jeder kennt mein spezielles Hobby nur zu gut. Pangratz schiebt mir schmunzelnd mein Glas näher. »Komm, sei wieder gut, Minnie!«

Bevor ich noch ein bisschen länger Ärger mache – *Lust hätte ich schon gehabt* –, mischt sich mein breit grinsender Freund ein.

»Auf die Lösung durch meine Spurensicherungs-Minnie und ihr Fängergeschick mit dem Kescher. Slainté«, meint Alex und hebt sein Whiskyglas. Ich sage nichts, hebe auch nur mein Glas, denn mir ist seine Reaktion unheimlich. *Früher hätte ich so was von Ärger bekommen, weil ich Freddy gereizt habe. Vielleicht liegt es am Whisky, und Alex will sich den Genuss nicht versauen?*

»Prost«, kommt es von allen anderen, da nur Alex und Basti nach dem vorigen Fall mit dem Mords-Suri an ihrem Whisky-Konsum unverändert festhalten. Bei dem Rest der Gruppe ist wieder der Bier-, Schorle- oder Cider-Alltag eingekehrt.

In diesem Moment klingelt mein Handy, gleichzeitig das von Alex. Wir schauen beide auf unsere Displays.

»Toni«, erkläre ich und nehme das Gespräch an, während Alex »Basti« sagt. Die Mitteilung ist die Gleiche:

Bei meiner Freundin haben die Wehen begonnen. Die Abstände sind kurz genug, um in die Klinik zu fahren. Der Zwack macht sich auf den Weg aus der kuschligen Gebärmutter ins frühsommerliche Wasserburg.

Virus mit Folgen

Die ersten Stunden der Nacht, etwa bis Mitternacht, verbringen wir in der neu eröffneten *RoMed-Klinik*.

»Sie sind viel zu früh da, das erste Kind dauert. Fahren'S ruhig wieder«, heißt es jedoch.

Wir sind gerade 45 Minuten zuhause, da ruft Tonis Mama an, dass der Zwack wohl andere Zeitvorstellungen hat als die Hebamme. Also alles zurück, die Serpentinen rauf und in den Warteraum. Um zwei Uhr kommt die Handynachricht: »Erdmute ist da, alles andere gleich.«

»Bitte lass sie keine Formulare ausfüllen, bevor ich mit ihnen gesprochen habe«, flehe ich laut, was die neugebackenen Großeltern auflachen lässt, die mit uns warten. Basti und Toni wollten das zu zweit durchstehen.

Es wird dann vier Uhr, bis wir hineindürfen. Alex und ich nur fünf Minuten zum Gucken, denn Mama und Kind brauchen Ruhe. Opa und Oma Hundshammer dürfen etwas länger bleiben.

Was soll ich sagen? Da liegt »ein Kind, in Windeln gewickelt ...« – das kennen wir ja aus der Zeit von Christi Geburt.

»Ich gehe erst, wenn ich weiß, dass nicht Zwack oder Erdmute auf der Geburtsmeldung an das Einwohnermeldeamt steht! Oder Viktoria«, kündige ich entschlossen an, während ich versuche, zwischen den Decken mehr als eine rote Stupsnase zu erspähen. *Denn wir wissen alle, wie Bayern Viktoria oder Vicky aussprechen. Da ist dann nix mehr mit Selbstbewusstsein drin in der Pubertät.*

Basti und Toni schauen sich an, dann sagt der stolze Papa in die Runde: »Dürfen wir vorstellen: Josefine Katharina Hartinger.«

»Eine Fini mit einem Zuckerl für die Kati-Oma«, kommentiere ich perplex und entzückt. Tonis Mama zuckt zusammen. Die Kati-Oma kostet sie ja gut Nerven, doch Toni liebt ihre bestimmende Oma eben.

»Oder eine Josie«, präsentiert Toni schnell die moderne Kosenamenvariante, aber ich lache nur ein bisschen gemein. »Sei froh, wenn sie kein Zwack bleibt oder zu einem Sefferl wird.«

Es gibt einen Knutscher für die junge Familie von mir und Umarmungen von Alex, der Basti einen Whisky-Flachmann in die Hand drückt. »Morgen stoßen wir miteinander an. Kein Torfiger«, spricht er noch beruhigend an Tonis Adresse, die zuerst grantig guckt, dann lächelnd zwinkert.

»Du meldest dich von allein, sobald du wach und fit genug für Besuch bist«, trage ich Toni auf.

»Mach ich, Tante Arminia«, kommt die Retourkutsche von einer gähnenden Mutter.

Ich habe von einer Freundin gehört, dass eine Frau nach der ganzen Anstrengung nicht unbedingt gleich Besuch braucht. Und ich bin nicht wild auf Gespräche über Wehenschmerzen, Dammschnitte und Co. *Da gibt es gruselige Sachen, die können die unter sich austauschen, die es hinter sich gebracht haben, und uns Unwissenden damit verschonen.*

Toni geht es jedoch am nächsten Tag so gut, dass sie sich entscheidet, nach Hause zu gehen.

»Es ist einfach ruhiger, wenn nicht dauernd jemand ins Zimmer kommt – Putzfrau, Schwester mit neuen Windeln, Ärzte, das Essen. Ich war gerade immer eingeschlafen, dann ging das Türenklappern wieder los«, erzählt sie mir am übernächsten Tag. Den ersten Tag zuhause haben sie und Basti besuchsarm gehalten, nur die Großeltern waren kurz da. Und die Marlene und die Kati-Oma.

Nun habe ich die Genehmigung erhalten vorbeizuschauen. Und es gibt ein kleines Willkommensgeschenk von »Tante Arminia«, natürlich getöpfert: ein bunter, fröhlich lächelnder Wolpertinger mit Drachenflügeln, einem kleinen Geweih und zwei abstehenden Häschenohren, darunter hübsche blaue Augen und ein Katzennäschen mit Schnurrhaaren. In seinen Pfoten hält er ein kleines Nachtlicht. Das Kabel sieht man nicht, es verläuft durch den Drachenwolpi hindurch und wird hinter seinem Rücken ein- und ausgeschaltet. Toni weckt die Kleine mit ihrem freudigen Gequietsche und zeigt ihr das Geschenk.

»Schau mal, Josie, was dir die Tante Minnie mitgebracht hat!«

Ah, die Arminia ist wieder vergessen – Gott sei Dank!

»Die Fantasy-Fraktion in Wasserburg muss verstärkt werden«, erwidere ich gerührt, als Toni den Wolpi auf das Kästchen neben der Wiege stellt.

»Was hat die Kati-Oma zum Namen gesagt?«, erkundige ich mich, während ich meiner Freundin beim Stillen zusehe.

Toni lacht: »Dass die Reihenfolge verkehrt ist und sie eine Freundin hat, die Josefine heißt und eine blöde Zupfgeigen ist.«

»Typisch! War nicht anders zu erwarten«, schmunzele ich.

Der Zwack, nein, Fini oder Josie, ist satt. An Tonis Schulter gelehnt, gibt das Püppchen ein Mords-Kopperl von sich, das keiner mehr als »Rülpser« oder »Bäuerchen« bezeichnen kann.

»Wo kommt das her, bei dem winzigen Körper?«, wundere ich mich. Toni grinst. »Ich bin schon froh, wenn sie nur Luft rauslässt. Gestern hat sie die ganze Couch und meine Haare mit Milch vollgesaut.«

Sie streckt mir die gefährliche Attentäterin entgegen.

»Nimm sie bitte mal, ich würd' gerne in Ruhe auf die Toilette gehen. Und duschen wäre ein Traum.«

Ich schaue fasziniert in blaue Augen in einem runden Gesicht. »Ich dachte, Babys sind nach dem Stillen immer so müde, dass sie schlafen?«

»Ja, aber sie spürt, dass sie in einem anderen Arm liegt.«

»Sieht sie mich schon richtig?«

»Das dauert ein paar Wochen, hab' ich gelesen, doch sie hört und fühlt alles, was du sagst oder tust.«

»Hält sie es aus, wenn ich singe?«

»Das kennt sie ja seit Monaten und ist abgehärtet«, neckt mich Toni und will ins Bad.

»Moment! Was mach ich, falls sie schreit?«

»Nicht so schräg singen. Und notfalls zu mir kommen. Erzähl ihr einfach was nicht zu Spannendes.«

Und weg ist die Rabenmutter. Wie kann sie mir ihr neugeborenes Kind in die Arme drücken? Ich habe keine Ahnung, wie ich sie halten muss. Der Kopf soll gestützt werden, erinnere ich mich – das klappt. Trotzdem perlt ein Schweißtropfen von meiner Stirn. *Fini strahlt wie ein Heizschwammerl.* Toni weiß genau, dass ich mich bisher immer erfolgreich gedrückt habe. Ich liebe es, mit wilden Rabauken im Kindergartenalter Pirat zu spielen oder mit Prinzessinnen im Sandkasten Kuchen zu backen. *Aber Babys? Hilfe!*

Ich betrachte das 3,8-Kilo-Packerl auf meinem Arm. Die Kleine fixiert mich nach wie vor mit leichtem Silberblick, die Händchen fuchteln unkontrolliert, und ich kann nicht anders, als eines einzufangen und einen Kuss darauf zu drücken.

Von der Tür kommt ein Schluchzer. Toni steht in sehr unvorteilhafter Unterwäsche da und heult.

»Was ist los?«, frage ich erschrocken. Sie lacht unter Tränen und winkt ab. »Hormonumstellung, alles okay.«

Sie kniet neben mir nieder und sagt zu ihrer Tochter: »Du hast es geschafft, Josie. Die Minnie ist infiziert.«

»Äh, Toni, was meinst du?«

»Du hast sie geküsst und dir so den Babyvirus eingefangen.«

»Schmarrn! Das war ein schwacher Moment, weil sie zu zuckersüß ist.«

»Wirst du Taufpatin?«

Ich starre sie fassungslos an. Fini quietscht vor sich hin. Dann muss ich lachen, als mir ein Gedanke kommt: »Marlene bringt mich um.«

Toni nickt. »Das Risiko besteht, aber du liebst es ja spannend.«

Ich betrachte den Zwack vor mir, der nun die Augen zuklappt und äußerst putzig zu schnarchen anfängt. Vermutlich geht von ihm mehr Gefahr für mich aus als von Marlene. Trotzdem gibt es nur eine Antwort auf diese Ehre erweisende Frage.

»Einverstanden, sehr gern, vielen Dank.«

Toni fällt mir um den Hals, danach tanzt sie wieder ins Bad. »Tante Minnie, Tante Minnie«, singt sie vor sich hin, bis das Wasser rauscht. Ich lehne mich zurück und schließe ebenfalls die Augen.

Wenn die Traudl mitbekommt, dass ich Taufpatin bin, habe ich die Hölle auf Erden. *Aber wie Toni es sagt: Ich habe es gerne spannend!*

Ende

Krimi-Minnies sechster Fall

Ein friedlicher Sommer, bis auf das Babygeschrei, wartet auf Minnie. Doch gefühlt so schnell wie man »Oachkatzlschwoaf« sagen kann, naht der Winter. Mal kalt und ungemütlich oder auch sehr besinnlich – wenn man Christkindlmärkte mag.

Klein-Fini wächst heran und verlangt ihrer Taufpatin, die einen eigenen Stand betreibt, so einiges ab. Der Wasserburger Christkindlmarkt macht jedoch nicht so viel Spaß wie sonst, denn dreiste Langfinger sind unterwegs. Jeder hat jeden misstrauisch im Blick, vor allem, als es den ersten Toten gibt. Ab diesem Moment werden die dunklen Gassen der Stadt noch dunkler.

Leider müssen sich Minnie und Traudl von Ladenmieter Theo verabschieden. Hat der Laden-Fluch wieder zugeschlagen? *Sicher ist nix im Leben, nur die Steuer und der Tod.* Wie auch immer: Theo hat beschlossen, sich oberhalb von Oberaudorf zur Ruhe zu setzen. Er radelt jeden Tag vom Austragshäuschen, das er vom Reserl gepachtet hat, mit dem E-Bike zu den Fischweihern und kümmert sich ums Füttern der Piranha-Forellen.

Wer übrigens in die Geschichte reinschnuppern will, die an der Entstehung der Minnie-Krimis schuld ist: In der »Wundersamen Winterzeit« – einer Anthologie voller besonderer Kurzgeschichten der Rosenheimer Autoren – findet ihr den Auftakt, in dem Toni und Basti die Helden sind. Und weil mir diese Geschichte so Spaß gemacht hat, habe ich weitergeschrieben. Ihr bekommt die Anthologie in der Buchhandlung oder direkt über mich, dann auf Wunsch auch signiert.

Nachwort

Hoffentlich hattet ihr nicht zwischendrin das Gefühl, in eine Hochzeitsromanze geraten zu sein. Ich habe die Trauung kurzgehalten, aber der Junggesellinnenabschied musste sein, weil er tolles Material zum Schmunzeln bereithält. Ich kriege ja fast einen Vogel, wenn ich mitbekomme, was manche da (nach dem Vorbild USA) auf die Beine stellen und was nicht selten in Zickenkrieg endet.

Zu den Aromaölen in Tonis Sitzung habe ich explizit nichts Näheres geschrieben, denn es gibt einige, die nicht für Schwangere geeignet sind. Falls ihr so etwas plant, fragt bitte die Fachleute.

Der Angelverein »Bergsee-Fischer« sowie die meisten der Örtlichkeiten in und um Oberaudorf sind ebenso meiner Fantasie entsprungen wie die Personen. Auch die Dorfratschen mit Bäckereiverkäuferin Anita habe ich erfunden. Allerdings wissen wir alle nur zu gut, dass es solche Menschen gibt, die immer danach trachten, andere schlechtzureden – ob über die Sozialen Medien oder auf der Dorfstraße.

Ich bedanke mich vielmals für die Recherche-Hilfe bei:

Meinem Sohn *Raphael*, der für sein Leben gern an einem ruhigen Weiher steht und fischt und die Familie mit wohlschmeckendem, gesunden Essen versorgt. Er hat die recht ahnungslose Mama mit seinem Fachwissen unterstützt.

Bei *Hubert Paul* von den Gemeindewerken Oberaudorf, der mir technische Fragen zum Stausee beantwortet hat.

Bei meinem Schwager *Tom*, dem Keramikprofi mit eigener Werkstatt und seinem Ladengeschäft in Passau, der Minnie und mir geholfen hat, Wels und Hecht richtig zu töpfern. Was er Tolles entwirft und produziert, findet ihr unter www.keramik-auer.de.

Bei *Ingrid Unger* für die spannende Symbolik-Spezialführung im Wasserburger Heimatmuseum. Man glaubt nicht, was in Ausstellungsstücken verborgen sein kann – eine Führung ist sehr zu empfehlen. Infos und Termine stehen unter www.wasserburg.de/museum.

Bei *Markus Steinmaßl*, Erster Polizeihauptkommissar und Dienststellenleiter der Polizeiinspektion Wasserburg am Inn, für die »Extrawurscht«. Er hat sich Zeit genommen und mir die neue Heimat der Wasserburger Inspektion gezeigt sowie einiges zum Tagesablauf unserer Schutzpolizei und ihren Ermittlern erklärt.

Bei *Ludwig Waldinger*, Kriminalhauptkommissar im Landeskriminalamt München, für die Tipps zur DNA-Sicherung.

Und last but not least: wieder einmal bei Autorenkollegin und Geschichtenerzählerin mit Spezialführungen *Ilona Picha-Höberth* (www.picha-hoeberth.com) für den Einzelrundgang bei richtigem Sauwetter im März. Hier zeigte und erklärte sie mir unter anderem die Märtyrerabbildungen an Häusern in Wasserburg. Es ist erstaunlich, an wie vielen Gemälden und Zeichen ich in über 20 Jahren vorbeigelaufen bin, den Blick meist auf die Geschäfte oder sicherheitshalber auf das Kopfsteinpflaster gerichtet.

Herzlichen Dank euch allen!
Wie immer gilt: Wenn etwas nicht korrekt beschrieben wurde, liegt es nicht an den beratenden Fachleuten – in dem Fall habe ich es verhunzt.

Liebe Leserin, lieber Leser,

es macht mich glücklich, dass es inzwischen einen treuen Leserkreis für meine Geschichten gibt. Hat dir diese gefallen? Dann freue ich mich über eine nette, kurze Rezension, die bei weiteren potenziellen Lesern meiner Bücher Neugier wecken könnte. Bitte erweitere diese jedoch nicht in eine Inhaltsangabe und nimm damit anderen die Spannung und das Interesse.

Newsletter
Abonniere meinen Newsletter und bleibe immer informiert! Du erfährst von Neuerscheinungen und Leseproben vor allen anderen und nimmst an regelmäßigen Verlosungen meiner Taschenbücher teil. www.monika-nebl.de/newsletter

Internet
Hier bin ich zu finden, suche dir deine liebste Plattform aus: www.linktr.ee/moninebl

Bairisch-hochdeutsches Glossar

agrat = ausgerechnet oder auch sorgfältig, penibel (von akkurat)

am Krawattl haben = jemanden in die Enge treiben

Apfelbutzen = Kernhaus des Apfels mit Stiel

aufhacksen = zu Tode rackern

aufzwicken = jemanden – meist liebevoll – necken

Aus, Äpfe, Amen! = Schluss, Ende, Basta

ausschmieren = austricksen, hinters Licht führen

auszuzelt = erschöpft oder leergeschlürft (bspw. Weißwürste)

bärig = klasse, super

Bagage = Gruppe (meist abwertend)

Baaz = Schlamm, Dreck, Morast

Belli = Kopf

bisserl = bisschen

Busserl = Kuss

Butzerl = kleines Kind, liebevoll gemeint

dahin gehen, wo der Bartl den Most holt = den Schuh aufblasen

das Kraut ausschütten = gewaltig verärgern

derbarmen = leidtun

Dschamsterer = meist devoter Liebhaber

ein bisserl neben der Spur = verwirrt

einfach gestrickt = naiv

eingeschnappt = beleidigt

einkasteln = einsperren

Eichkatzerl = Einhörnchen (Oachkatzl)

etwas hat sich gwaschen = deutlich ausgeprägt, beispielsweise eine *Watschn* = Ohrfeige

fesch = adrett, hübsch gekleidet

fuchtig = wütend, genervt

, gell? (Nachsatz) = , nicht wahr?

Goaß = Ziege

Goschn = Mundwerk

Grampf = Unsinn, Schmarrn

Grant = Ärger, Wut

grantig = böse, schlecht gelaunt

greislig = grässlich

gruschteln = herumkramen

gschaftln = wichtig machen

Gschau = Gesichtsausdruck

Gscheithaferl = Klugscheißer

gschlaucht = erschöpft

Gschmatz = Gerede, zu viel oder inhaltslos, auf jeden Fall nervig

gschleckt = zu sehr gestyltes Auftreten

Gspusi = Liebschaft

Hausl = Hausmeister

herumpfludern = sich lebhaft (in der Luft) bewegen (lose Federn, Vögel oder Lebensgeister)

herzen = jemanden ans Herz drücken, der einem lieb ist

Herzkasperl = Herzinfarkt

hinterfotzig = hinterlistig, auf die bösartige Weise

Hundling = Dreckskerl, manchmal Hochachtung wegen Raffinesse

Hungerharing = sehr dünner Mensch, Hungerhaken

in der Reißn haben = in die Mangel nehmen

jetzad = jetzt

Kaschperl = Kasper

kasweiß/kasig = leichenblass

krachert = auffällig und vielleicht ein bisserl derb

lauschig = ein schönes und eher ruhiges Platzerl

nix Gwiß woas ma ned = sicher weiß man das nicht

*Nudelwoigle*r = Nudelholz

Oachkatzelschwoaf = Eichhörnchenschweif

pfeigrod = tatsächlich

Prackl = jemand/etwas Großes, Beeindruckendes

Ratschkatl/Ratschn = ihr vertraut man besser kein Geheimnis an

schiach = hässlich

schirgeln = schielen

Schisser = Angsthase

Schlaaz = Schlamm, eher flüssig

Schlaks = ein hochaufgeschossener, dünner Mensch

schlauchen = wenn etwas schlaucht, dann strengt es an

Schmarrn = Unsinn

schmecken = im Bairischen kann es „(die Lunte) riechen" bedeuten

Schu(a)bandeln = Schnürsenkel

Schwammerl in de Knia = Beine wie Wackelpudding

sandeln = tritscheln, trödeln

sich hakeln = im Wettstreit liegen, rivalisieren

Speis = Lagerkammer, meist neben der Küche

Spekuliereisen = Brille (spekulieren = nachdenken)

Spezi = Freund, auch als Warnung (Komm du mir heim, Spezi!)

spechten = spähen, heimlich gucken

speiben/Speiberei = erbrechen

Sperenzerl machen = querschießen

stockbläd (bled) = kreuzdämlich

strawanzen = durch die Gegend ziehen

Striezi = durchtriebener Kerl

Tragel = Getränkekiste, Träger für Flaschen

umgschnackelt = umgeknackst, den Fuß verstaucht

Wurscht = wenn es einem egal ist oder das Metzgerei-Erzeugnis

Vergloghaferl = Petze, Verräter

verhunzt = verpatzt

Viecherl = Tier

wief = listig

wuid = wild

zampappen = zusammenkleben

zamstamperln = runterputzen, kritisieren

zamzuzelt = ausgemergelt, verhärmt

Ziach = (Zieh)Harmonika

zuagroast = nach Bayern immigriert, meist Nordlichter

Zupfgeig(e)n = Urschel, Rindvieh, abfällig für eine Frau

Längere Sprichwörter:

Bei dera miassns die Goschn amoi extrig daschlogn. = Bei dieser Quasselstrippe redet das Mundwerk nach dem Tod noch weiter, deshalb muss man es extra erschlagen.

Karte von Wasserburg

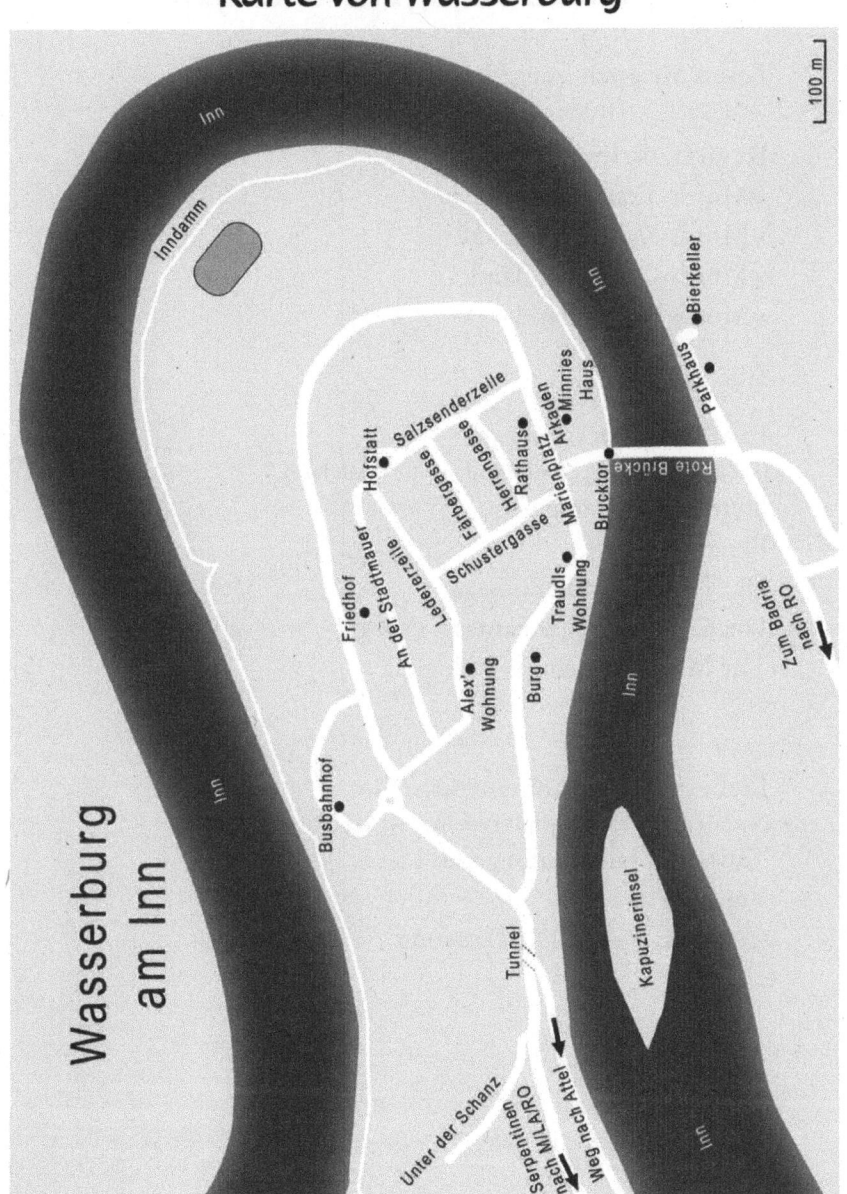

Wasserburg am Inn

Inn

Inndamm

Inn

Inn

Inn

Inn

100 m

Bierkeller

Parkhaus

Minnies Haus

Arkaden

Marienplatz

Rathaus

Salzsenderzeile

Herrengasse

Färbergasse

Hofstatt

Ledererzeile

Schustergasse

Brucktor

Rote Brücke

Traudls Wohnung

Friedhof

An der Stadtmauer

Alex' Wohnung

Burg

Busbahnhof

Zum Badria nach RO

Tunnel

Kapuzinerinsel

Unter der Schanz

Serpentinen nach MI/AIRO

Weg nach Attel

Weitere Veröffentlichungen

Lesen Sie auch von der Autorin:

Regionalkrimi
»Mords-Trara«, Band 1
»Mords-Kaliber«, Band 2
»Mords-Goschn«, Band 3
»Mords-Suri«, Band 4

Fantasy-Liebesromane
(veröffentlicht unter dem Pseudonym Ainoah Jace)
Sternenflut-Trilogie
Beretar-Dilogie
Die Traumwandlerin-Saga
Die Krone & Feuer Fantasy-Trilogie
The Magic of Gemini-Trilogie

Liebesromane/Romantikthriller
(veröffentlicht unter dem Pseudonym Katie S. Farrell)
Tausche Traummann gegen Liebe
Vertraue mir
Colorado-Reihe: Die Dawsons